शहर में गाँव

शहर में गाँव

निदा फ़ाज़ली

अनुवाद
सय्यद तालीफ हैदर

वाणी प्रकाशन

वाणी प्रकाशन

4695, 21-ए, दरियागंज, नयी दिल्ली 110 002

शाखा

अशोक राजपथ, पटना 800 004

फ़ोन : +91 11 23273167 फ़ैक्स : +91 11 23275710

www.vaniprakashan.in
vaniprakashan@gmail.com
sales@vaniprakashan.in

SHAHAR MEIN GAON
by Nida Fazali
Translated by Sayyad Taleef Haider

ISBN : 978-93-5072-884-0
Collection of Poetry

प्रथम संस्करण 2015
आवृत्ति 2018

मूल्य : ₹ 795

एम.एस प्रिंटर्स, दिल्ली-110 093 में मुद्रित

वाणी प्रकाशन का लोगो मक़बूल फ़िदा हुसेन की कूची से

अनुक्रम

लफ़्ज़ों का पुल

मारिया
नादिया
और दीदावर के नाम

नयी नयी पोशाक बदल कर मौसम आते जाते हैं
फूल कहाँ जाते हैं जब भी जाते हैं लौट आते हैं

सदियों सदियों वही तमाशा, रस्ता रस्ता लम्बी खोज
लेकिन जब हम मिल जाते हैं खो जाता है जाने कौन

दीबाचा

हर्फ़े अव्वल

1965 की बात है, मैं भोपाल से ग्वालियर वापस आया था। रात का वक़्त था। मैं हस्बे मामूल, अटेची हाथ में लिए, उस बरसों की जानी पहचानी गली में मुड़ गया जहाँ इमली की घनी छाँव तले मेरा घर था।

मैंने गली में घुसते हुए तो अपने आपको देखा था, दरवाज़ा खटखटाने तक भी मैं अपने आपको देख रहा था। लेकिन उसके बाद ना जाने क्या हुआ। अटेची हाथ में लिए जो सर झुकाए वापस आया था, वो मैं नहीं था, कोई और था। मुझ जैसा ही... वो बिल्कुल अकेला था।

उसका न कोई घर था, न शहर था और न रिश्तेदार थे। काग़ज़ पर न जाने लकीरें कब बदली थीं, लेकिन बँटी हुई सरहदें उस पूरी रात बिजली के एक खम्बे से दूसरे खम्बे तक शहर के हर घर को आग लगाती फिर रही थीं। वो अकेला आदमी आज भी उसी तरह अकेला-अकेला भटक रहा है। रात के भयानक अँधेरों में जिस घर को उससे छीन लिया गया था, उसे वह आज तक ढूँढ़ रहा है। यह बेमंज़िल की मुसलसल तलाश ही उसकी मंज़िल है।

1969 ई.

हर्फ़े दोम

सूरज ग़ुरूब हो रहा है। एक बेहोश औरत के गिर्द तीन-चार बच्चे सहमे-डरे बैठे हैं। बड़ी बहन उठकर लालटेन की चिमनी साफ़ करके उसे रौशन करती है। चारों तरफ़ चितकबरी रौशनी फैल जाती है। सामने इमली के दरख़्त पर एक डरावना भूत रोज़ की तरह आज भी आकर बैठ गया है। लम्बे-लम्बे दाँत, टेढ़े-मेढ़े हाथ-पाँव, हवा से शाखें हिलती हैं तो उसकी गर्म साँसें बहुत क़रीब महसूस होती हैं। दालान से आँगन में आते भी डर लगता है।

बड़ी बहन भूत को दफ़ा करने के लिए अन्दर से कुरआन शरीफ़ लाकर बाहर स्टूल पर रख देती है। बच्चों और भूत के दरमियान अल्लाह के कलाम की हद बन जाती है। भूत में उस हद को फलाँगने की हिम्मत नहीं है, लेकिन जब भी नज़र उठती है वह इमली की शाखों से झाँकता नज़र आता है। (**"दीवारों के बीच से"**)

'लफ़्ज़ों का पुल' मेरे शेअरी सफ़र में उन दिनों का हमसफ़र है जब मेरा और मेरे माहौल का रिश्ता दो हमउम्र दोस्तों जैसा था और वह घर मेरे वजूद का हिस्सा था, जो अब यादों का दर्द है। इसके अब तक कई एडिशन आ चुके होते, लेकिन हालात ने ऐसा नहीं होने दिया।

'लफ़्ज़ों का पुल' के इस एडिशन में, मैंने कहीं-कहीं क़लम भी चलाई है और कुछ कमीबेशी भी की है, और यही इसकी नयी इशाअत का जवाज़ है।

1997 ई.

☆☆☆

दो खिड़कियाँ

आमने सामने दो नयी खिड़कियाँ

जलती सिग्रेट की लहराती आवाज़ में
सूई डोरे के रंगीन अलफ़ाज़ में
मशवरा कर रही हैं कई रोज़ से

शायद अब!
बूढ़े दरवाज़े सर जोड़ कर
वक़्त की बात को वक़्त पर मान लें
बीच की टूटी फूटी गली छोड़ कर
खिड़कियों के इशारों को पहचान लें

एक बात

उसने
अपना पैर खुजाया
अँगूठी के नग को देखा
उठ कर
ख़ाली जग को देखा
चुटकी से एक तिनका तोड़ा
चारपाई का बान मरोड़ा

भरेपुरे घर के आँगन में
कभी कभी वो बात
जो लब तक
आते आते खो जाती है
कितनी सुन्दर हो जाती है

रंग-ए-महल

मैं अक्सर देखा करता हूँ

घर की चौखट से होटल तक
दो टाँगें भटका करती हैं

बिजली के बजते तारों में,
दो आँखें झूला करती हैं

लकड़ी की कुर्सी पर बैठी
इक सिग्रेट सुलगा करती है

काग़ज़ के कोरे पन्नों पर
दुबली पतली एक कलाई
नागिन सी रेंगा करती है

जाने किन ज़ालिम हाथों ने
चलते फिरते रंग-ए-महल को
बेदर्दी से तोड़ दिया है
टुकड़े करके छोड़ दिया है

मैं अक्सर देखा करता हूँ

☆

नील गगन में तैर रहा है, उजला उजला पूरा चाँद
माँ की लोरी सा, बच्चे के दूध कटोरे जैसा चाँद

मुन्नी की भोली बातों सी चटकें तारों की कलियाँ
पप्पू की ख़ामोश शरारत सा छुप छुप कर उभरा चाँद

मुझसे पूछो कैसे काटी मैंने पर्वत जैसी रात
तुमने तो गोदी में ले कर घंटों चूमा होगा चाँद

परदेसी सूनी आँखों में शोले से लहराते हैं
भाभी की छेड़ों से बादल, आपा की चुटकी सा चाँद

तुम भी लिखना, तुमने उस शब कितनी बार पिया पानी
तुमने भी तो छज्जे ऊपर देखा होगा पूरा चाँद

एक लड़की

वो फूल फूल बदन
साँवली सी इक लड़की
जो रोज़!
मेरी गली से गुज़र के जाती है
सुना है
वह किसी लड़के से प्यार करती है
बहार होके तलाश-ए-बहार करती है

न कोई मेल!
न कोई लगाव है लेकिन
न जाने क्यों...
बस उसी वक़्त, जब वो आती है
कुछ इन्तेज़ार की आदत सी हो गयी है मुझे
इक अजनबी की ज़रूरत सी हो गयी है मुझे
मेरे वरांडे के आगे

वो फूँस का छप्पर
गली के मोड़ पे
उखड़ा हुआ सा इक पत्थर
वो एक झुकती हुई बदनुमा सी नीम की शाख़
और उस पे

जंगली कबूतर के घोंसले का निशान

ये सारी चीज़ें
कि जैसे मुझी में शामिल हैं
मेरे दुखों में
मेरी हर ख़ुशी में शामिल हैं
मैं चाहता हूँ कि वो भी
यूँही गुज़रती रहे
इसी तरह किसी लड़के को
प्यार करती रहे

☆

पिया नहीं जब गाँव में
आग लगे सब गाँव में

लिखने वाले आगे लिख
लौटोगे कब गाँव में

कितनी मीठी थी इमली
साजन थे जब गाँव में

सच कह गुइयाँ और कहाँ
उन जैसी छब गाँव में

उनके जाने की तारीख़
दंगल था जब गाँव में

देख सहेली धीमे बोल
बैरी हैं सब गाँव में

कितनी लम्बी लगती है
पगडंडी अब गाँव में

मन का सौदा मन के मोल
कैसा मज़हब गाँव में

☆

साजन जंगल पार गये मैं चुप चुप राह तकूँ
बछिया बैठी थान में ऊँघे किस से बात करूँ

बिन साजन कुछ भी न सुहाए बैठे रहना काम
आँगन के जामुन को बाँचूँ या दीवार पढ़ूँ

रात अँधेरी काटे खाए हवा चलाए तीर
मेरा बस हो तो मैं उनको कभी न जाने दूँ

जाने उन बिन क्या हो जाता है मेरे जी को
चौका बासन कर पाऊँ, न चक्की पीस सकूँ

दर्शन जल के प्यासे नैना, मिलन की प्यासी देह
प्यास बुझे न मेरी चाहे पूरा ताल पियूँ

आड़ी तिरछी रेखाओं से सारी पटिया लाल
कब तक बैठे बैठे बीसे तीसे और गिनूँ

जाने कितनी दूर है सूरज, उन के चरणों से
ऐसे में जो मुर्ग़ा बोले, लाख बलाएँ लूँ

एक मुलाक़ात

नीम तले दो जिस्म अजाने चम चम बहता नदिया जल
उड़ी उड़ी चेहरे की रंगत खुले खुले ज़ुल्फ़ों के बल
दबी दबी कुछ गीली साँसें झुके झुके से नैन कँवल

नाम उसका? दो नीली आँखें
ज़ात उसकी? रस्ते की रात
मज़हब उसका? भीगा मौसम
पता? बहारों की बरसात

एक दिन की सैर

उतरती धूप का एक गोल टुकड़ा
हवा में डोलता पीपल का पत्ता

खुली खिड़की में इक गोरी कलाई
गुलाबी ऊन में लिपटी सलाई

सड़क को काटती इक काली बिल्ली
अचानक छटपटाती कोई लड़की

मुँडेरी पर रखा इक टूटा पिंजरा
झुके छज्जे से गिरता बासी गजरा

ये धुँधली धुँधली बेमआनी लकीरें
बज़ाहिर कुछ नहीं मफ़हूम जिनका
हँसी आएगी मेरे दोस्तों को
अगर मैं उनको कोई नाम दे दूँ
गुज़िश्ता माह का भोपाल कह दूँ

दो सहेलियाँ

बैठे बैठे ऊब रहे हैं
आओ सहेली
सरपट भागें
सर के बाल तलक खुल जायें
धम धम
यूँ दहलीज़ें लाँघें

घुटनों घुटनों ताल में चल कर
मुँह मुँह तक
गागर भर लायें
और निशाने ताक ताक कर
पत्थर से पत्थर टकरायें
बरगद की नंगी शाख़ों पर
बिन झूले के
ऐसा झूलें
लौकिट चुटीले में फँस जायें
अँगूठे पेशानी छू लें

हँसी हँसी में एक दूजे पर बदली बन बन कर यूँ टूटें
आटे जैसा कस कर गूँधें
कई जगह से टूटें फूटें

☆

ख़ात है कि बदलती रुत या गीतों भरा सावन
इठलाई हुई गलियाँ, शरमाते हुए आँगन

शीशे सा धुला चौका, मोती से चुने बर्तन
खिलता हुआ इक चेहरा, हँसते हुए सौ दर्पण

सिमटी हुई चौखट पर कुछ धूप गिलहरी सी
नीबू की क्यारी में चाँदी के कई कंगन

बच्चों सी हुमकती शब गेंदों से उछलते दिन
चेहरों सी धुली ख़ुशियाँ, बालों सी खुली उलझन

हर पेड़ कोई क़िस्सा, हर घर कोई अफ़साना
हर रास्ता पहचाना, हर चेहरे पर अपनापन

खेलता बच्चा

घास पर खेलता है इक बच्चा
पास माँ बैठी मुस्कुराती है
मुझको हैरत है जाने क्यों दुनिया
काबा व सोमनाथ जाती है

रोता बच्चा

मेहँदी लगे हाथों में तवे की कालोंच
आँखों के हिरन क़ैद में घबराते हैं
रोते हुए बच्चे पे नज़र पड़ते ही
चोली के कई टाँके उधड़ जाते हैं

दीवार के पीछे

कुंडी ठुमकी,
चूलें चटख़ीं
कमरे की बत्ती जल उठी
पायल, झुमके
बिछवे, कंगन
छन छन छन छन छन छन छन
एक छनाका
जैसे कोई शीशे का बर्तन गिर जाये
इक दो उल्टे सीधे जुमले
एक अधूरी नंगी गाली
और फिर
उड़ती मीनाएँ सी
बिन शब्दों की भाषायें सी
जैसे
घबराये हाथों से कोई आटा गूँध रहा हो
या आँगन को
लेप रहा हो

जब तलक वो जिया

जब तलक वो जिया
चाय की केतली साफ़ करता रहा
भीगी बिल्ली सा मालिक से डरता रहा

ताँगे वालों ने छेड़ा तो शरमा गया
कोई चिल्ला के बोला तो घबरा गया

जब तलक वो जिया
अपनी बीवी से हर दिन झगड़ता रहा
बात बे बात बच्चों से लड़ता रहा
रूह घुटती गयी, दम उखड़ता रहा
जब तलक वो जिया
रोज़ जलसे हुए, रोज़ भाषण हुए
देस में जाने कितने इलेक्शन हुए

परायी आग

अकेली रात है
या बर्फ़ का समंद है
ख़याल ज़ेहन में उगते ही
डूब जाता है
हवायें!
जैसे कोई बरछियाँ चलाता है
ठिठुरते जिस्म को ले कर कहाँ चला जाऊँ
प्लेटफ़ॉर्म के कोने में
दो पुराने लिहाफ़
सिकुड़ते!
मुड़ते!
लिपटते!
सरकते जाते हैं
टहलते पाँव अचानक
ठिठकते जाते हैं
दियासिलाई के शोले से कुछ नहीं होगा
परायी आग पे
हाथों को तापते रहिए
नहीं तो सुबह तलक यूँ ही काँपते रहिए

भोर

गूँज रही हैं
चंचल चकियाँ
नाच रहे हैं सूप
आँगन आँगन
छम छम छम छम
घूँघट काढ़े रूप

हौले हौले
बछिया का मुँह चाट रही हैं गायें

धीमे धीमे
जाग रही है
आढ़ी तिरछी धूप

सर्दी

कोहरे की झीनी चादर में
जोबन रूप छुपाये
चौपालों पर
मुस्कानों की आग उड़ाती जाये

गाजर तोड़े
मूली नोचे
पके टमाटर खाये
गोदी में इक भेड़ का बच्चा
आँचल में कुछ बोट
धूप सखी की उँगली पकड़े
इधर उधर मँडलाये

पहला पानी

छन छन करती टीन की चादर
सन सन बजते पात
पिंजरे का तोता
दोहराता
रटी रटाई बात

मुट्ठी में दो जामुन
मुँह में
एक चमकती सीटी
आँगन में चक्कर खाती है
छोटी सी बरसात

नया दिन

सूरज!
इक नटखट बालक सा
दिन भर शोर मचाये
इधर उधर चिड़ियों को बिखेरे
किरणों को छितराये
क़लम, दराँती, ब्रुश, हथोड़ा
जगह जगह फैलाये

शाम!
थकी हारी माँ जैसी
एक दिया मिल्काये
धीमे धीमे
सारी बिखरी चीज़ें चुनती जाये

मशवरा

बिल्ली के बच्चे का कब तक ध्यान रखोगी
सिग्रेट की डिब्बियों से कितने बैग बुनोगी

हर दम गोदी में बच्चा घबराता होगा
तोता दिन भर रट रट कर थक जाता होगा

चूड़ी के टुकड़ों की कड़ियाँ बहुत बना लीं
काग़ज़ के फूलों की लड़ियाँ बहुत बना लीं

मेरी मानो तो उनको चिट्ठी लिख डालो

आख़िर कब तक ख़ुद को धोखा दे पाओगी
आज नहीं तो कल इस ज़िद पर पछताओगी

छोटे शहर की रात

फुटपाथों पे ऊँघ रही हैं थकी थकाई गायें
पेड़ों में दुबकी बैठी हैं चंचल सायें सायें

बीड़ी में गाँजा भरने बैठी अध नंगी सर्दी
मुँह ही मुँह में गाली देती गुज़री ख़ाकी वर्दी

होटल का तख़्ता गाँव में जामुन तोड़ रहा है
मन्दिर का पिछवाड़ा उखड़ी साँसें छोड़ रहा है

चौराहे के हलवाई की भट्ठी भौंक रही है
कम्बल ओढ़े एक अकेली लाठी चौंक रही है

एक नज़म

एक रस्ता
थोड़ी लम्बी रात
धूल, बिजली, चीख़ती बरसात
रेत के ज़र्रात

मैंने आँचल में तुम्हारे भर दिए हैं
उनको कस कर बाँध लेना
कल समय का बूढ़ा सौदागर अगर गुज़रा इधर से
तुम भले ख़ामोश रहना
कुछ न कहना
मैले आँचल में बँधा ये बोझ
खुद आवाज़ देगा
अपनी क़ीमत माँग लेगा

मूड्स

आज कुछ टूटा हुआ हूँ
ये न समझो ज़िन्दगी से थक चुका हूँ
चन्द लम्हों को
अँधेरा बढ़ गया है

हर कमर का लोच कुम्हलाया हुआ है
हर नज़र का फूल मुरझाया हुआ है
आईने चेहरों के धुँधले हो गये हैं
चूड़ियों के गीत थक कर सो गये हैं

रास्ते ख़ामोश
बेरौनक़ दुकानें
शहर गुमसुम सा दिखाई दे रहा है

फिर किसी नॉवेल का इक रंगीन जुमला
बेतकल्लुफ़ दोस्त की इक आध गाली
टेढ़ीमेढ़ी बदनुमा सी कोई डाली
बीच रस्ते फिर फुदकती शोख़ मैना
या भरी बाँहों में इक चोंचाल बच्चा
ख़ुश्क होंठों में तबस्सुम घोल देगा

और उस जादू किरन का नूर लेकर
मैं जिधर देखूँगा, चेहरे खिल उठेंगे
हर कमर का लोच लहराने लगेगा
हर नज़र का फूल मुसकाने लगेगा
सूने सूने रास्ते सजने लगेंगे
चूड़ियों के गीत फिर बजने लगेंगे

आज कुछ टूटा हुआ हूँ!

सुना है मैंने

सुना है मैंने!
कई दिन से तुम परेशाँ हो
किसी ख़याल में
हर वक़्त खोई रहती हो

गली में जाती हो
जाते ही लौट आती हो
कहीं की चीज़ कहीं रख के भूल जाती हो
किचन में!
रोज़ कोई प्याली तोड़ देती हो
मसाला पीस कर
सिल यूँही छोड़ देती हो
नसीहतों से ख़फ़ा
मशवरों से उलझन सी
कमर में दर्द की लहरें
रगों में ऐंठन सी

यक़ीन जानो!

बहुत दूर भी नहीं वो घड़ी
हर इक फ़साने का उनवान बदल चुका होगा
मेरे पलँग की चौड़ाई
घट चुकी होगी
तुम्हारे जिस्म का सूरज पिघल चुका होगा

कच्ची दीवारें

मेरी माँ
हर दिन अपने बूढ़े हाथों से
इधर उधर से मिट्टी लाकर
घर की कच्ची दीवारों के ज़ख़्मों को भरती रहती है
तेज़ हवाओं के झोंकों से
बेचारी कितना डरती है
बरसों की सीली दीवारें
छोटे मोटे पेवंदों से
आख़िर कब तक रुक पायेंगी
जब कोई बादल
गरजेगा
हर हर करती ढह जायेंगी

बेसबब परेशानी

एक हेजान सा
तबीयत में
आप ही आप कुछ परेशाँ सा
बेसबब इज़्तेराब का आलम
कोई देखे तो
कैसे मुमकिन है
चाहता हूँ
मैं अपने बिस्तर में
यूँही लेटा रहूँ
मगर यूँ हो
रेडियो पर रखी हुई तसवीर
खुद-ब-खुद उठ के
चल के या उड़ के
सामने ताक़ में पहुँच जाये

पिघलता धुआँ

दूर शादाब पहाड़ी पे बना इक बँगला
लाल खपरैलों पे फैली हुई अंगूर की बेल
सहन में बिखरे हुए मिट्टी के राजा रानी
मुँह चिढ़ाती हुई बच्चों को कोई दीवानी

सेब के उजले दरख़्तों की घनी छाँव में
पाँव डाले हुए तालाब में कोई लड़की
गोरे हाथों में सँभाले हुए तकिए का ग़िलाफ़
अनकही बातों को धागों में सिये जाती है
दिल के जज़्बात का इज़्हार किए जाती है
गर्म चूल्हे के क़रीब बैठी हुई इक औरत
एक पैवंद लगी साड़ी से तन को ढाँपे
धुँधली आँखों से मिरी सिम्त तके जाती है
मुझको आवाज़ पे आवाज़ दिए जाती है

इक सुलगती हुई सिग्रेट का बल खाता धुआँ
फैलता जाता है हर सिम्त मेरे कमरे में

फिर यूँ हुआ

मुमकिन है चन्द रोज़
परेशाँ रही हो तुम
यह भी हुआ हो, वक़्त पे सूरज उगा न हो
इमली में कोई अच्छा कटारा पका न हो
छत की खुली हवाओं में आँचल उड़ा न हो

दो तीन दिन रज़ाई में सर्दी रुकी न हो
कमरे की रात पंख पसारे उड़ी न हो

हँसने की बात पर भी बमुश्किल हँसी हो तुम
मुमकिन है चंद रोज़ परेशाँ रही हो तुम
कुछ दिन ख़ातों में आँसू बहे शोरोगुल हुआ
तुम ज़हर पी के सोयीं!
मैं इंजन से कट गया!
फिर यूँ हुआ कि धूप खुली, अब्र छँट गया
मैंने वतन से कोसों परे घर बसा लिया
तुमने पड़ोस में 'नया भाई' बना लिया

फुरसत

मैं नहीं समझ पाया आज तक इस उलझन को
ख़ून में हरारत थी या तेरी मुहब्बत थी
क़ैस हो कि लैला हो, हीर हो कि राँझा हो
बात सिर्फ़ इतनी है आदमी को फुरसत थी

सहर

सुनहरी धूप की कलियाँ खिलाती
घनी शाख़ों में चिड़ियों को जगाती
हवाओं के दुपट्टे को उड़ाती
ज़रा सा चाँद माथे पर सजा के
चमेली की कली बालों में टाँगे
सड़क पर नन्हे नन्हे पाँव धरती
मज़ा ले ले के बिस्कुट को कुतरती
सहर मकतब में पढ़ने जा रही है
धुँधलकों से झगड़ने जा रही है

दोपहर

जिस्म लाग़र, सुता सुता चेहरा
हर तबस्सुम पे दर्द का पहरा

हिप्स पर पूरी बेत की जाली
जेब में गोल मेज़ की ताली
हाथ पर रौशनाई की लाली

उड़ती चीलों का झुंड तकती हुई
तपते सूरज को सर से ढकती हुई
कुछ न कुछ मुँह ही मुँह में बकती हुई

ख़ुश्क आँखों पे पानी छपकाकर
पीले हाथी का ठोंट सुलगाकर

दोपहर चाय पीने बैठी है
चाक दामन को सीने बैठी है

शाम

सूखे कपड़ों को छत से चुनती हुई
पीली किरणों का हार बुनती हुई

गीले बालों में तौलिया लिपटाये
हाथ में इक कटी पतंग उठाये
दायें बाजू पे थोड़ी धूप सजाये

सीढ़ियों से
उतरकर
आयी है
किस क़दर बन सँवर के
आयी है
बजते हाथों से चिमनियाँ धोकर
घर के हर काम से सुबुक होकर
पालने को झुला रही है शाम
प्यालियों में खिला रही है शाम
चंदा मामू गा रही है शाम

भूत

दूर तक सुनसान रस्ता
ऊँघती, बेसुध हवायें
इक भयानक ख़ामोशी सी

नीम से दो हाथ पीछे
एक हिलता जुलता साया

लम्बे लम्बे हाथ जिसके
शेर जैसे दाँत जिसके
बड़ की शाख़ों से जटाएँ
तेज़ शोलों सी निगाहें

रात काली है तो क्या है
दो क़दम का फ़ासला है

छू के अपनी उँगलियों से
भूत को पत्थर बना दो

आज गर घबरा गये तुम
तो यही ख़ामोश पत्थर
बदनुमा, बेजान सा डर

उम्र भर शैतान बन कर
या कोई भगवान बन कर

रास्ता रोका करेगा
बेसबब टोका करेगा
आज एक पथ में है कल से
हर जगह घूमा करेगा
बेसबब टोका करेगा
रास्ता रोका करेगा

एक कहानी

तुमने
शायद किसी रिसाले में
कोई अफ़साना पढ़ लिया होगा
खो गयी होगी रूप की रानी
इश्क़ ने ज़हर खा लिया होगा

तुम अकेली खड़ी हुई होगी
सर से आँचल ढलक रहा होगा
या पड़ोसन के फूल से रुख़ पर
कोई धब्बा चमक रहा होगा

काम में होंगे सारे घर वाले
रेडियो गुनगुना रहा होगा
तुम पे नशा सा छा गया होगा

मुझको विश्वास है कि अब तुम भी
शाम को खिड़की खोल देने पर
अपनी लड़की को टोकती होगी
गीत गाने से रोकती होगी

बिजली का खम्भा

कई साल गुज़रे
इसी रहगुज़र पर
किसी पेड़ की ठंडी छाँवों तले
मैं!
अँधेरों में गुमसुम सा बैठा हुआ था

कई अजनबी राहगीरों ने मुझको
मिरा नाम ले ले के आवाज़ दी थी
फ़िज़ाओं में हलचल सी होने लगी थी

मगर दोस्त!
ये बात है उन दिनों की
यहाँ।
कोई बिजली का खम्भा नहीं था
मगर चाँद का नूर धुँधला नहीं था

क़ातिल

वो!
जो होटल में चाय के टूटे कप पर
नयी नयी फुलझड़ियाँ सी छोड़ा करता है
बैठे बैठे माचिस को तोड़ा करता है

वो!
जो टेढ़े से मुँह के इक बैल को लेकर
रस्ते भर तीखे जुमले बोला करता है
रंग बिरंगी उपमायें सोचा करता है

वो!
जो चलते रस्ते अनजाने बच्चों के
बने बनाये बालों को बिखरा देता है
रो देता है कोई तो बहला देता है

जाने क्यों जबसे मैंने उसको देखा है
मेरे दिल में एक अजब सा शक बैठा है

अपने कमरे के सन्नाटे में छुप छुप कर
रोज़ किसी को क़त्ल किया करता होगा वो
रात गये तक ख़ून पिया करता होगा वो

बस का सफ़र

मैं चाहता हूँ
ये चौकोर धूप का टुकड़ा
उलझ रहा है जो बालों में उसको सुलझा दूँ
ये दायें बाजू पे
नन्ही सी एक कली सा निशान
जो अब की बार दोपट्टा उड़े
तो सहला दूँ
खुली किताब को हाथों से छीन कर रख दूँ
ये फ़ाख़्ताओं से दो पावों
गोद में भर लूँ

कभी कभी तो सफ़र ऐसे रास आते हैं
ज़रा सी देर में दो घंटे बीत जाते हैं

पिघलता सूरज

आटे के कनस्तर में
पिघलता हुआ सूरज
चारपाई की अदवान में
जकड़ा हुआ महताब
तारों की सलीबों पे
सिसकता हुआ हर ख़्वाब
लहराती हुई पिंडलियाँ
बजती हुई रानें
फटती हुई साड़ी में
घुटनों पे घुटनें

बेख़्वाब नींद

न जाने कौन वो बहरूपिया है
जो हर शब
मिरी थकी हुई पलकों की सब्ज़ छाँवों में
तरह तरह के करिश्में दिखाया करता है

लपकती सुर्ख़ लपट
झूमती हुई डाली
चमकते ताल के पानी में डूबता पत्थर
उभरते फैलते घेरों में तैरते ख़ंजर
उछलती गेंद रबड़ की सधे हुए दो हाथ
सुलगते खेत की मिट्टी पे टूटती बरसात
अजीब ख़्वाब हैं ये
बिना वज़ू किये सोयी नहीं कभी मैं तो
मैं सोचती हूँ किसी रोज़ अपनी भाभी के
चमकते पाँवों की पाज़ेब तोड़ कर रख दूँ,
बड़ी शरीर है हर वक़्त शोर करती है

किसी तरह सही बेख़्वाब नींद तो आये
घड़ी घड़ी की मुसीबत से जान छूट जाये

मौत का शऊर

उसे नहीं मालूम
कि मम्मी क्यों रोती हैं
सर लटकाये बहनें क्यों बैठी रहती हैं
सूरज ढलते ही
कुत्ता रोने लगता है
घड़ी घड़ी दरवाज़े को तकने लगता है
घर का आँगन
मैला मैला क्यों रहता है?
जगह जगह पर पानी फैला क्यों रहता है?

उसे नहीं मालूम
कि गुड़िया कब आयी थी
मिट्टी की हंडकुलिया किसने दिलवायी थी

लेकिन जब कोई फेरीवाला आता है
उसकी ज़िद पर कोई उसे जब धमकाता है
जाने वो क्या इधर उधर देखा करता है
जैसे कोई खोयी शय ढूँढ़ा करता है
और अचानक चिल्ला कर रोने लगता है
उसे नहीं मालूम!

पैदाइश

बन्द कमरा
छटपटाता सा अँधेरा
और
दीवारों से टकराता हुआ
मैं!!
मुंतज़िर हूँ मुद्दतों से अपनी पैदाइश के दिन का

अपनी माँ के पेट से
निकला हूँ जब से
मैं!!
खुद अपने पेट के अन्दर पड़ा हूँ

☆

चंचल हुई हवायें तो पानी मचल गया
पर्वत को चीरता हुआ दरिया निकल गया

रस्ते में कोई कार, न औरत न बिल्डिंगें
दो घूँट थी शराब मगर जी बहल गया

रंगों के इम्तेज़ाज में पोशीदा आग थी
देखा था मैंने छू के मेरा हाथ जल गया

अक्सर पहाड़ सर पे गिरे और चुप रहे
यूँ भी हुआ कि पत्ता हिला, दिल दहल गया

पहचानते तो होगे निदा फ़ाज़ली को तुम
सूरज को खेल समझा था छूते ही जल गया

बोझ

मेरे बिखरे बालों पर और भी तो हँसते हैं
मेरी ख़स्ताहाली पर क़हक़हे लगाते हैं
मेरी हर तबाही पर हाशिये चढ़ाते हैं

अब तो जाने पहचाने अजनबी से मिलते हैं
आँखें खोयी रहती हैं सिर्फ़ होंठ हिलते हैं

सिर्फ़ एक तुम इतना क्यों ख़याल करते हो
मेरी तल्ख़ बातों को सुन के टाल जाते हो
मैं जहाँ नज़र आऊँ, हाथों हाथ लेते हो

जान बूझकर मैंने कप को नीचे फेंका है
बेसबब ही शबनम को मार कर रुलाया है
बैठे बैठे सिग्रेट से मेज़ को जलाया है

क्यों ख़फ़ा नहीं होते
क्यों बिगड़ नहीं जाते
बात क्या है, क्यों मुझसे अब झगड़ नहीं पाते

टेढ़ी टेढ़ी नज़रों से घूर कर
जुदा हो जाओ
दोस्त चंद लम्हों को
आज फिर
ख़फ़ा हो जाओ

घुटन

रोज़ ही
रात गये
टीन की इक खोली से
बेतुकी गालियाँ बकने की सदा आती है
थालियाँ, प्याले लुढ़कने की सदा आती है

जाने वो कौन है
जो गर्म सियाह रातों में
अपने दुखते हुए हाथों से
थकी टाँगों से
धूप से झुलसे हुए
सुलगे हुए तीशों से
फ़र्श पर ऊँघते पत्थर की किसी पटिया को
चलती फिरती नयी मूरत में बदल देता है
साँवले रंग की औरत में बदल देता है

जेब कटने के बाद

मेरे कुर्ते की बूढ़ी जेब से कल
तुम्हारी याद!
चुपके से निकल कर
सड़क के शोर-ओ-गुल में खो गयी
बड़ी बस्ती है
किसको फ़िक्र इतनी!
कि किस खोली में कब से तीरगी है

यहाँ
हर एक को अपनी पड़ी है

मौत की नहर

प्यार, नफ़रत, दया, जफ़ा, एहसान
क़ौम, भाषा, वतन, धर्म, ईमान
उम्र गोया
चट्टान है कोई
जिस पे इंसान कोह कन की तरह
मौत की नहर
खोदने के लिए
सैकड़ों तीशे
आज़माता है
हाथ पाँव चलाये जाता है

इज़हार

शाम होने को है
पीली धूप
छज्जे से उतर कर
ऊन के गोले सी बिस्तर पर पड़ी है
रंग में डूबी दिशाएँ
पत्तियों में सरसराती अपसराएँ
तुम नहीं हो
चाहता हूँ इस घड़ी जो ज़ेहन में है नज़म कर दूँ
लफ़्ज़ सारे लफ़्ज़
कितने अजनबी
कितने अजाने
काँच की प्याली को चकनाचूर कर दूँ
सब किताबों पर नये कागज़ चढ़ा दूँ
नीम की डाली से चिड़िया को उड़ा दूँ
दौड़ते बच्चे को गोदी में उठा कर
रास्ते से इक नयी गुड़िया दिला दूँ
रेशमी तलवों को मुँह से गुदगुदा दूँ

लफ़्ज़ सारे लफ़्ज़
कितने अजनबी
कितने अजाने

नक़ाबें

नीली, पीली, हरी गुलाबी
मैंने सब रंगीन नक़ाबें
अपनी जेबों में भर ली हैं
अब मेरा चेहरा नंगा है
बिल्कुल नंगा

अब!
मेरे साथी ही मुझ पर
पग पग
पत्थर फेंक रहे हैं
शायद वो
मेरे चेहरे में अपना चेहरा देख रहे हैं

☆

कुछ भी बचा ना कहने को हर बात हो गयी
आओ कहीं शराब पियें रात हो गयी

फिर यूँ हुआ कि वक़्त का पासा पलट गया
उम्मीद जीत की थी मगर मात हो गयी

सूरज को चोंच में लिए मुर्ग़ा खड़ा रहा
खिड़की के पर्दे खींच दिए रात हो गयी

वो आदमी था कितना भला, कितना पुरख़ुलूस
उससे भी आज लीजे मुलाक़ात हो गयी

रस्ते में वो मिला था मैं बच कर गुज़र गया
उसकी फटी क़मीज मेरे साथ हो गयी

नक़्शा उठा के कोई नया शहर ढूँढ़िए
इस शहर में तो सबसे मुलाक़ात हो गयी

बूढ़ा

हर माँ
अपनी कोख से
अपना शौहर ही पैदा करती है
मैं भी जब
अपने कन्धों पर
बूढ़े मलबे को ढो ढोकर
थक जाऊँगा
अपनी महबूबा के
कुँवारे गर्भ में
छुप कर सो जाऊँगा
हर माँ अपनी कोख से
अपना शौहर ही पैदा करती है

तीन शे'र

अकेले कमरे को चुप चुप सजा रहा हूँ मैं
सवेरे उठते ही तुम को भुला रहा हूँ मैं

कभी मुझे भी था यारों से एख़्तेलाफ़ बहुत
हर एक बात पे अब सर झुका रहा हूँ मैं

कहीं मिले कोई अपना तो फूट कर रो लूँ
कई दिनों से बहुत मुस्कुरा रहा हूँ मैं

☆

ख़ुशी कली न बनी, ग़म में बे कली न रही
कभी कभी तो कहीं, कोई रौशनी न रही

तुम्हारा साथ ग़नीमत है आज भी लेकिन
तुम आये थे तो लगा था कोई कमी न रही

तमाम शहर में पहले भी कौन अपना था
मगर ये हाल! किसी से भी दुश्मनी न रही

इधर उधर यूँही कुछ वक़्त कट तो जाता था
किसी से कहने को अब कोई बात भी न रही

लापता

मैं यहाँ आया था
मेरे दोस्त सारे जानते हैं
क़हक़हे मेरे अभी तक
होटलों में
महफ़िलों में
मयकदों में
सूखे फूलों की तरह बिखरे पड़े हैं

मुद्दतों से मैं भटकता फिर रहा हूँ
किससे पूछूँ
मैं कहाँ हूँ

जगमगाते शहर के सुनसान रस्ते में
शायद।
आग उगलते संग दिल सूरज ने
मुझको
क़त्ल करके
गेहूँ बुए खेत में दफ़ना दिया है
अब तुम्हारी याद भी शायद न मुझको ढूँढ़ पाये

मैं यहाँ आया था

धनक की मौत

शहर की गुंजान आबादी में
ख़ुद ही
चलते चलते रास्ते में खो गयीं तुम

दूसरी फुटपाथ पर
चुप चुप खड़ा देखा क्या मैं
मोटरों के भागते पहियों के नीचे
वो धनक जो मुद्दतों से
साथ मेरे चल रही थी
टुकड़ा टुकड़ा
हर तरफ़ बिखरी हुई थी
एक लड़की ने
तुम्हारी मदभरी आँखें उठा लीं
दूसरी ने
ख़ूबसूरत पिंडलियाँ बढ़ कर छुपा लीं
तीसरी ने
हँसते गालों की कई कलियाँ चुरा लीं

शहर की गुंजान आबादी में!!!

जीवन का दुख

आज तो
कोई परदेसी से लगते हो
तनहा तनहा, चुप चुप डोल रहे हो तुम
तौर तरीक़े सारे बदले बदले हैं
कोई नयी सी भाषा बोल रहे हो तुम

तुम कोई जादू हो या जादूगर हो
तरह तरह के रूप बदलते रहते हैं
नये नये साँचों में ढलते रहते हो
कभी कभी तुम चलते चलते रस्ते में
किसी चमकती गुड़िया की ख़ातिर, मुझसे
गुस्सा होकर नीर बहाने लगते हो
मेरे दिल पर तीर चलाने लगते हो
कभी किसी महफ़िल के सूने गोशे में
किसी सहेली से मेरा क़िस्सा सुन कर
तनहाई में घंटों सोचा करते हो
बड़ी बड़ी आँखों से रोया करते हो

और कभी तुम मेरे ही घर में आकर
दिन भर की मेहनत से टूटे टूटे से
दुनिया की हर शय से ऊबे ऊबे से

मेरी बूढ़ी माँ पर चिल्ला पड़ते हो
मरियम जैसी पाक बहन से लड़ते हो

तुम जीवन का दुख हो
टूटे सपने हो
काले गोरे चेहरे पहने फिरते हो
नाम तुम्हारा चाहे कुछ भी हो
लेकिन
तुम भाई हो, महबूबा हो, बच्चे हो
तुम जीवन का दुख हो
मिरे अपने हो

आज तो कोई परदेसी से लगते हो

☆

दरिया हो या पहाड़ हो टकराना चाहिए
जब तक न साँस टूटे जिये जाना चाहिए

यूँ तो क़दम क़दम पे है दीवार सामने
कुछ भी न हो तो ख़ुद से उलझ जाना चाहिए

झुकती हुई नज़र हो कि सिमटा हुआ बदन
हर रस भरी घटा को बरस जाना चाहिए

चौराहे, बाग़, बिल्डिंगें सब शहर तो नहीं
कुछ ऐसे वैसे लोगों से याराना चाहिए

अपनी तलाश, अपनी नज़र, अपना तजुर्बा
रस्ता हो चाहे साफ़ भटक जाना चाहिए

चुप चुप मकान, रास्ते गुमसुम, निढाल वक़्त
इस शहर के लिए कोई दीवाना चाहिए

बिजली का कुमकुमा न हो, काला धुआँ तो हो
ये भी अगर नहीं हो तो बुझ जाना चाहिए

सितम्बर 1965 ई.

किसी क़साई ने
इक हड्डी छील कर फेंकी
गली के मोड़ से
दो कुत्ते भौंकते उठे
किसी ने पाँव उठाये
किसी ने दुम पटकी
बहुत से कुत्ते खड़े होके शोर करने लगे
न जाने क्यों मेरा जी चाहा
अपने सब कपड़े
उतार कर किसी चौराहे पर खड़ा हो जाऊँ
हर एक चीज़ पे झपटूँ
घड़ी घड़ी चिल्लाऊँ

निढाल होके। जहाँ चाहूँ।
जिस्म फैला दूँ
हज़ारों साल की सच्चाइयों को
झुठला दूँ

पासपोर्ट ऑफ़िसर के नाम!

कराची एक माँ है
बम्बई बिछड़ा हुआ बेटा
ये रिश्ता प्यार का पाकीज़ा रिश्ता है जिसे
अब तक
न कोई तोड़ पाया है
न कोई तोड़ सकता है
ग़लत है रेडियो, झूठी हैं सब अख़बार की ख़बरें

न मेरी माँ कभी तलवार ताने रन में आयी है
न मैंने अपनी माँ के सामने बन्दूक़ उठायी है

ये कैसा शोर-ओ-हंगामा है
ये कैसी लड़ाई है

सरहद पार का एक ख़त पढ़कर

दवा की शीशी में
सूरज
उदास कमरे में चाँद
उखड़ती साँसों में रह रह के
एक नाम की गूँज.....!!
तुम्हारे ख़त को कई बार पढ़ चुका हूँ मैं
कोई फ़क़ीर खड़ा गिड़गिड़ा रहा था अभी
बिना उठे उसे दुतकार कर भगा भी चुका

गली में खेल रहा था पड़ोस का बच्चा
बुला के पास उसे मार कर रुला भी चुका

बस एक आख़िरी सिग्रेट बचा था पैकेट में
उसे भी फूँक चुका
घिस चुका
बुझा भी चुका
न जाने वक़्त है क्या दूर तक है सन्नाटा
फ़क़त मुँडेर के पिंजरे में ऊँघता पंछी
कभी कभी यूँही पंजे चलाने लगता है
फिर अपने आप ही
दाने उठाने लगता है
तुम्हारे ख़त को...

☆

देखा गया हूँ मैं, कभी सोचा गया हूँ मैं
अपनी नज़र में आप तमाशा रहा हूँ मैं

मुझसे मुझे निकाल के पत्थर बना दिया
जब मैं नहीं रहा हूँ, तो पूजा गया हूँ मैं

मैं मौसमों के जाल में जकड़ा हुआ दरख़्त
उगने के साथ साथ बिखरता रहा हूँ मैं

ऊपर के चेहरे मोहरे से धोखा न खाइए
मुझको तलाश कीजिए, गुम हो गया हूँ मैं

बैसाखियाँ

(एक वियत नाम जोड़े की तस्वीर देखकर)

आओ हम तुम
इस सुलगती ख़ामोशी में
रास्ते की सहमी सहमी तीरगी में
अपने बाज़ू, अपने सीने, अपनी आँखें
फड़फड़ाते होंठ
चलती फिरती टाँगें
चाँद के अन्धे गढ़े में छोड़ जायें
कल
इन्हीं बैसाखियों पर बोझ साधे
सैकड़ों ज़ख़्मों से चकनाचूर सूरज
लड़खड़ाता,
टूटता
मजबूर सूरज
रात की घाटी से बाहर आ सकेगा
उजली किरनों से नयी दुनिया रचेगी
आओ
हम!
तुम!

ख़ुदा ख़ामोश है

बहुत से काम हैं
लिपटी हुई धरती को फैला दें
दरख़्तों को उगायें
डालियों पे फूल महका दें
पहाड़ों को क़रीने से लगायें
चाँद लटकायें
ख़लाओं के सरों पे नीलगूं आकाश
फैलायें
सितारों को करें रौशन
हवाओं को गति दे दें
फुदकते पत्थरों को पंख दे कर नग़मगी दे दें
लबों को मुस्कुराहट
अंखड़ियों को रौशनी दे दें
सड़क पे डोलती परछाइयों को
ज़िन्दगी दे दें

ख़ुदा ख़ामोश है!
तुम आओ तो तख़लीक़ हो दुनिया
मैं इतने सारे कामों को अकेला कर नहीं सकता

लफ़्ज़ों का पुल

मस्जिद का गुम्बद सूना है
मन्दिर की घंटी ख़ामोश

जुज़दानों में लिपटे सारे आदर्शों को
दीमक कब की चाट चुकी है

रंग!
गुलाबी
नीले
पीले
कहीं नहीं हैं
तुम उस जानिब
मैं इस जानिब
बीच में मीलों गहरा ग़ार
लफ़्ज़ों का पुल टूट चुका है
तुम भी तनहा
मैं भी तनहा

मैं आज लड़ लिया

मैं आज
लड़ लिया उससे बड़ा मज़ा आया
कई दिनों से खिलौना बना हुआ था मैं
जहाँ भी बैठना, हँस देना मुस्कुरा देना
जो कोई बात करे, हाँ मैं हाँ मिला देना

सड़क पे चलते हुए बार बार रुक जाना
मिज़ाज पूछना, दो चार लफ्ज़ दोहराना

वही दुकानें, वही बिल्डिंगें, वही राहें
न आँख आँखों के अन्दर, न टाँग टाँगों में
न दिल ही दिल की जगह पर, न होंठ होंठों में

न जाने कैसे हूँ इस शहर में मुक़ीम मगर
न कोई चीख़ा, न रोया, न कोई शरमाया
मैं आज लड़ लिया उससे बड़ा मज़ा आया

गीत

☆

कई दिनों से चाँद उगा
न सूरज निकला है
जब से तुम परदेस गये हो
बहुत अँधेरा है

रात रात भर पानी बरसे
धूल उड़े दिन दिन भर
लोहारन लोहे को पीटे
लगे हथौड़ा मन पर
बढ़ई बेचारा लकड़ी चीरे
मैं देखूँ उठ उठ कर

नयी सुराही में भी पानी
नदिया जैसा है
जब से तुम...
अभी अभी टूटेगा प्याला
फिर ख़ुद जुड़ जाएगा
मुड़ कर देखा तो
खिड़की का सरिया मुड़ जाएगा
कभी लगे
पिंजरे में बैठा पंछी उड़ जाएगा

कैसे कैसे नये विचारों ने
आ घेरा है
जब से तुम परदेस गये हो
बहुत अँधेरा है

☆

खनकता है, रुपहला दिन तो सारा
कहीं से रात खोटी हो गयी है

वो अब भी हँसती रहती है मुसलसल
छमाछम भागती है, टूटती है
कभी नाराज़ हो जाए तो अब भी
वो फ़ौरन फुलझड़ी सी छूटती है

वो बातें अब भी करती है बराबर
मगर आवाज़ मोटी हो गयी है

तकल्लुफ़ से परे है अब भी लहजा
निगाहों में वही बेबाकियाँ हैं
वही है नाप उसकी चूड़ियों का
इशारों में वही गोलाइयाँ हैं

ख़यालों में है अब भी भोलापन सा
मगर हर बात छोटी हो गयी है

सुराही अब भी गिर जाती है उससे
वो अब भी कच्चे टाँके टाँकती है

गली से कोई भी आवाज़ आये
वो घर में सबसे पहले झाँकती है

मसाला अब भी मोटा पीसती है
मगर कुछ गोल रोटी हो गयी है
खनकता है रुपहला दिन तो सारा
कहीं से रात खोटी हो गयी है

☆

बीत गयी रात
बीत गयी रात, घुली नदिया के पानी में पहली किरण
इमली से तोते ने फेंके कटारे
आँगन से दौड़ पड़े साँझ सकारे
पीतल की टोंटी से
गिरते
सितारे

बीत गयी रात
बीत गयी रात, बँधे काजल के डोरे से चंचल हिरन
कुर्सी के हत्थे पे चाय की प्याली
खाँसी की खर खर में अधनंगी गाली
छूट गयी हाथों से
पूजा की थाली

बीत गयी रात
बीत गयी रात, घनी पलकों के साये में छलके नैन
घुली नदिया के पानी में पहली किरण

☆

हरी हरी घाँस
चली सन सन हवा
भरा मुँह तक कटोरे सा ताल
शीशे की प्याली सा छन सा गिरा कुछ
बच्चों के तलवों सा मन में हुआ कुछ
मटके के पानी सा ठंडा लगा कुछ
थमी थमी साँस
कभी ज़ीना चढ़ूँ
कभी सहलाऊँ बिल्ली के बाल

हरी हरी घाँस...
घोड़े की टाँगों में नागिन का फंदा
लकड़ी की तख़्त पे लोहे का रंदा
उड़ने की कोशिश में जख़्मी परिन्दा
नयी नयी बास
खुले शब्दों के द्वार
उड़े ज़ंजीर पहने ख़याल
हरी हरी घाँस
चली सन सन हवा

☆

तुझ बिन मुझको कैसे कैसे छेड़े काली रात
कुटिया पीछे चूड़ी खनकी
दो आवाज़ें साथ
जामुन पे
छम से आ बैठी
कोई परायी बात
सूना आँगन, कौन बताओ रेशम रेशम हाथ

तुझ बिन...
नील गगन!!
बादल के टुकड़े
नित नित रूप बनायें
उड़ता आँचल, खिलता जोड़ा
लहराती दो बाँहें
जलता चूल्हा, भरी कड़ाही, बनी सजी बरसात
तुझ बिन मुझ को......

बादल बादल प्यास पुकारे
पानी रे ओ पानी
प्यास बड़ी दीवानी
पत्थर पत्थर पानी चटख़े
रेत बनी जल धारा
गूँगे बहरे सन्नाटे
मैं चीख़ चीख़ के हारा
उत्तर, दक्षिण, पूरब, पच्छिम
हवा करे मनमानी
प्यास बड़ी दीवानी
पानी रे ओ पानी

बैलों की शीशा आँखों में
पत्थर पत्थर बादल
कटी फटी धरती की छाती
दूर दूर तक जंगल
पर्वत पर्वत वादी वादी
वीरानी वीरानी
प्यास बड़ी दीवानी
पानी रे ओ पानी

☆

नहा गयीं डालें खजूरों की
भीग गये पत्थर पहाड़ों के
बालों को बिखरायें, कपड़े बिगाड़ें
मिट्टी में दबे धँसे पत्थर उखाड़ें
जी चाहा
दौड़ पड़ीं,
चीख़ीं, दहाड़ें
सँवर गये छज्जे झरोखों में
मौसम गंडेरी सिंघाड़ों के
नहा गयीं डालें...
चाँदी की लड़ियों से बगुलों की डारें
हाथों में तीर कसे उड़ती फुवारें
किससे लड़ाई करें
किसको पुकारें
भरे भरे मटमैले बादल के दल
जैसे गठीले अखाड़ों के
नहा गयीं डालें...

☆

झुके हुए कन्धों पे साँसों की गठरी
रस्तों में नोकीली घाम
चाय के पियालों में माथों की शिकनें
सिमटी हुई कुर्सियाँ
सरहद, सिपाही, गेहूँ, कबूतर
अख़बार की सुर्ख़ियाँ
सिग्रेट की डिब्बियों में बन्दी सवेरा
लोकल के डिब्बों में शाम

लड़ता झगड़ता कोई किसी से
बेबात कोई हँसे
सागर किनारे लहरों पे कोई
कंकर से हमला करे
लम्बी सी रस्सी पे कपड़े ही कपड़े
कपड़ों के कोनों में नाम
झटके हुए कन्धों पे साँसों की गठरी
रस्तों में नोकीली घाम

☆

भोर भई
बस्ती के अन्दर घुस आया वीराना
धरती पे रेखायें फैलीं
खड़ी हुई दीवारें
सरहद सरहद जगे सिपाही
चमक उठीं तलवारें
कोई लड़े बीवी बच्चों से
कोई लिखे अफ़साना

छज्जे, आँगन, गोख, दरीचे
टुकड़े टुकड़े, धूप
दो पैरों पर चलते बन्दर
इंसानों से रूप
चुप चुप देखे खेल सियाना
शोर करे दीवाना
भोर भई.....

संसार

फैलती धरती
खुला आकाश था
मैं।
चाँद, सूरज, कहकशाँ, कोहसार, बादल
लहलहाती वादियाँ, सुनसान जंगल
मैं ही मैं
फैला हुआ था हर दिशा में
जैसे जैसे
आगे बढ़ता जा रहा हूँ
टूटता, मुड़ता, सिकुड़ता जा रहा हूँ
कल
ज़मीं से आसमाँ तक मैं ही मैं था
आज
इक छोटा सा कमरा बन गया हूँ

बुझ गये नील गगन

अब कहीं कोई नहीं
जल गये सारे फ़रिश्तों के बदन
बुझ गये नील गगन
टूटता चाँद। बिखरता सूरज
कोई नेकी न बदी
अब कहीं कोई नहीं
आग के शोले बढ़े
आसमानों का ख़ुदा
डर के ज़मीं पर उतरा
चार छः गाम चला टूट गया
आदमी अपनी ही दीवारों से पत्थर ले कर
फिर गुफाओं की तरफ़ लौट गया
अब कहीं कोई नहीं

आख़िरी लोकल

कोई इसका बदन छू रहा था
कोई!
टाँगों से उलझा हुआ था
कोई
हाथों को मस कर रहा था
उड़ते बालों की ख़ुश्बू से
कोई
सर्द साँस को गर्मा रहा था

भागती ट्रेन की खिड़कियों से
सरसराती हवा आ रही थी
एक बुझती हुई लौ
भड़क कर
गीले ईंधन को सुलगा रही थी

चौथा आदमी

बैठे बैठे यूँही क़लम ले कर
मैंने काग़ज़ के एक कोने पर
अपनी माँ
अपने बाप के दो नाम
एक घेरा बना के काट दिए
और
इस गोल दायरे के क़रीब
अपना छोटा सा नाम टाँक दिया
मेरे उठते ही, मेरे बच्चे ने
पूरे काग़ज़ को ले के फाड़ दिया!

मोहब्बत

पहले वो रंग थी
फिर रूप बनी
रूप से जिस्म में तबदील हुई
और फिर जिस्म से बिस्तर बन कर
घर के कोने में लगी रहती है
जिसको!
कमरे में घुटा सन्नाटा
वक़्त बेवक़्त उठा लेता है
खोल लेता है, बिछा लेता है

कल रात

कल रात
वो थका हुआ
चुप चुप
उदास उदास
सुनता रहा सड़क से गुज़रती बसों का शोर

पीपल का पत्ता टूट के दीवार ढा गया
आँतों का दर्द नींद की परियों को खा गया

झुँझला के उसने चाँद का दीपक बुझा दिया
आकाश को समेट के नीचे गिरा दिया
फैली हुई ज़मीं को धुएँ सा उड़ा दिया
फिर कुछ नहीं
न खेत, न मैदाँ, न रास्ते
बस इक निगाह
खिड़की की रंग जालियाँ
(बस तीन चार आने की दो चार गोलियाँ)

☆

धरती बिछा, दिशायें जगा, दिन उगा के छोड़
उठ और उसके ग़म को कबूतर बना के छोड़

तर्क-ए-वफ़ा अभी नहीं, ये दिल का खेल है
कुछ और साथ रह उसे पत्थर बना के छोड़

जिसकी तलब अज़ीज़ हो उससे कभी न मिल
पानी न माँग रेत से दरिया उगा के छोड़

हर सिमृत से टटोल, हर इक ज़ाविए से देख
हीरा भी हाथ आये तो कंकर बनाके छोड़

ज़ंज़ीरें

कोई आज़ाद नहीं
कोई आज़ाद नहीं, सब ही यहाँ क़ैदी हैं
सबके पैरों में पड़ी है ज़ंज़ीर
कोई सोने में मुक़य्यद
कोई चाँदी में असीर
कहीं लोहा, कहीं पीतल, कहीं ताँबा, सीसा
शोर ही शोर है चारों जानिब
मुख़तलिफ़ धातें
हर इक धात की अपनी आवाज़
कोई आज़ाद नहीं
सिर्फ़ ज़ंज़ीरें बदल सकती हैं
और ज़ंज़ीरें बदलने के लिए
मैं भी आज़ाद हूँ
तुम भी आज़ाद

उम्र की दीवानगी

अजनबी कौन हो तुम
तुम से पहले भी
कई लोग यहाँ आये हैं
इसी पर्वत के किनारे
इसी वादी के क़रीब
सैकड़ों साल से तूफ़ान उठा करते हैं
पेड़ उखड़ते हैं मकानात उड़ा करते हैं
क्यों चट्टानों में जलाते हो चिराग़
जितने अंगारे बचे हैं रख लो
घुप अँधेरा है
न जाने किस वक़्त
रास्ता गिर के किसी अन्धे गढ़े में मर जाए
अजनबी!
पहले पहल जब मैं यहाँ आया था
ख़ैर छोड़ो इसे
उम्र हर शख़्स को दीवाना बना देती है

फ़रिश्ता टूट गया

तुम्हारे आने से पहले
सुलगते, सोचते, उगते हुए बदन ही बदन
कहीं गुलाब से चेहरे, कहीं कंवल से नयन
न मस्जिदों में अज़ानें
न मन्दिरों में भजन

तुम्हारे आने से पहले
न कोई झूठ न सच, एक सी सदायें थीं
हर इक क़दम नयी राहें, कई दिशायें थीं
न दोस्ती, न अदावत, न इलतिजायें थीं

तुम्हारे आने से पहले
मैं आदमी नहीं शायद कोई फ़रिश्ता था
तुम्हारे साथ ज़मीं पर गगन उतर आया
फ़रिश्ता टूट गया, आदमी उभर आया

आदमी की तलाश

अभी मरा नहीं,
ज़िन्दा है आदमी शायद
यहीं कहीं उसे ढूँढ़ो यहीं कहीं होगा
बदन की अन्धी गुफा में छुपा हुआ होगा

बढ़ा के हाथ
हर इक रौशनी को गुल कर दो
हवायें तेज़ हैं झंडे लपेट कर रख दो
जो हो सके तो इन आँखों पे पट्टियाँ कस दो
न कोई पाँव की आहट
न साँस की आवाज़

डरा हुआ है वो,
कुछ और भी न डर जाए
बदन की अन्धी गुफा से न कूच कर जाए
यहीं कहीं उसे ढूँढ़ो,
वो आज सदियों बाद
उदास उदास है
ख़ामोश है
अकेला है
न जाने कब कोई पसली फड़क उठे उसकी

यहीं कहीं उसे ढूँढ़ो, यहीं कहीं होगा
बरहना हो तो उसे फिर लिबास पहना दो
अँधेरी आँखों में सूरज की आग दहका दो
ब़हुत बड़ी है ये बस्ती कहीं भी दफ़ना दो
अभी मरा नहीं.....
ज़िन्दा है आदमी शायद

☆

कोई हंगामा उठाया जाए
बेसबब शोर मचाया जाए

किसके आँगन में नहीं दीवारें
किसको जंगल में बुलाया जाए

उससे दो चार बार और मिलें
जिसको दिल से न भुलाया जाए

मर गया साँप नदी ख़ुश्क हुई
रेत का ढेर उठाया जाए

एक सुबह

पेड़ की छाँवों
सुबह की आग़ोश
उठ रहा हूँ उठा नहीं जाता
किस क़द्र नर्म हो गयीं नज़रें
कोई दुश्मन नज़र नहीं आता

नोहा

किसी को टूट के चाहा, किसी से खिंच के रहे
दुखों की राहतें झेलीं, ख़ुशी के दर्द सहे
कभी बगुला से भटके
कभी नदी से बहे
कहीं अँधेरा, कहीं रौशनी, कहीं साया
तरह तरह के फ़रेबों का जाल फैलाया
पहाड़ सख़्त था, बरसों में रेत हो पाया

मोर नाच

जब भी घर से बाहर जाओ
तो कोशिश करो... जल्दी लौट आओ
जो कई दिन घर से ग़ायब रह गये
वापस आता है
वो ज़िन्दगी भर पछताता है
घर... अपनी जगह छोड़ कर चला जाता है

बम्बई

ये कैसी बस्ती है
मैं किस तरफ़ चला आया
फ़िज़ां में गूँज रही हैं हज़ारों आवाज़ें
सुलग रही हैं हवाओं में अनगिनत साँसें
जिधर भी देखो
खवे, कूल्हे, पिंडलियाँ, टाँगें
मगर कहीं कोई चेहरा नज़र नहीं आता
यहाँ तो सब ही बड़े छोटे अपने चेहरों को
चमकती आँखों को, गालों को, हँसते होंठों को
सरों के खोल से बाहर निकाल लेते हैं
सवेरे उठते ही
जेबों में डाल लेते हैं
अजीब बस्ती है!
इस में न दिन, न रात, न शाम
बसों की सीट से सूरज तुलूअ होता है
झुलसती टीन की खोली में चाँद सोता है
यहाँ तो कुछ भी नहीं!
रेल और बसों के सिवा
ज़मीं पे रेंगते बेहिस समुन्दरों के सिवा
इमारतों को निगलती इमारतों के सिवा

ये क़ब्र क़ब्र जज़ीरा किसे जगाओगे
ख़ुद अपने आप से उलझोगे टूट जाओगे
यहाँ तो कोई भी चेहरा नज़र नहीं आता

कितने दिन बाद

कितने दिन बाद मिले हो
चलो इस शहर से दूर
किसी जंगल के किनारे
किसी झरने के क़रीब
टूटते पानी को पीकर देखें
भागते दौड़ते लम्हों से चुराकर कुछ वक़्त
सिर्फ़ अपने लिए जी कर देखें
कोई देखे न हमें
कोई न सुनने पाये
तुम भी जो चाहे कहो
मैं भी बिला ख़ौफ़ व ख़तूर
इन सभी लोगों पे तनक़ीद करूँ
जिनसे मिल कर मुझे हर रोज़ ख़ुशी होती है

जंग

सरहदों पर फ़तह का ऐलान हो जाने के बाद
जंग!
बेघर बेसहारा
सर्द ख़ामोशी की आँधी में बिखर के
ज़र्रा ज़र्रा फैलती है
तेल
घी
आटा
खनकती चूड़ियों का रूप भर के
बस्ती बस्ती डोलती है
दिन दहाड़े
हर गली कूचे में घुस कर
बन्द दरवाज़ों की साँकल खोलती है
मुद्दतों तक
जंग
घर घर बोलती है
सरहदों पर फ़तह का ऐलान हो जाने के बाद

☆

तनहा हुए ख़राब हुए आईना हुए
चाहा था आदमी बनें लेकिन ख़ुदा हुए

जब तक जिए बिखरते रहे टूटते रहे
हम साँस साँस क़र्ज़ की सूरत अदा हुए

हम भी कसी कमान से निकले थे तीर से
ये और बात है, कि निशाने ख़ता हुए

पुरशोर रास्तों से गुज़रना मुहाल था
हट कर चले तो आप ही अपनी सज़ा हुए

नया रोग

ये नया रोग है
आज के दौर का
इस नये रोग की कोई पहचान ऐसी नहीं
जिसकी तशख़ीस हो
हर दवा बेअसर
सरनिगूँ चारागर
आज हर लहलहाते हुए खेत में
गेहूँ के साथ उगती हैं ख़ामोशियाँ
सर्द ख़ामोशियाँ
जो गले से उतरते ही घुन्न की तरह
चाट लेती हैं आवाज़ की बिजलियाँ
बन्द होंठों का ये ख़ुश लिबास आदमी
देखता है
मगर बोल सकता नहीं
सोचता है
मगर चीख़ सकता नहीं

अपना घर

हमारे घर को जो भी देखता है रश्क करता है
तुम्हारे नाम से अब भी मेरा चेहरा उभरता है
हर इक महफ़िल में हम दोनों बराबर साथ जाते हैं
हमारी कुरबतों के लोग अफ़साने सुनाते हैं

मेरे कपड़े तुम्हारे हाथ से मौसम बदलते हैं
तुम्हारी चूड़ियों में अब भी मेरे रंग चलते हैं

वही मैं हूँ!
वही तुम हो!
मगर अब घर की दीवारें
हवा जब सरसराती है
तो कुछ कुछ हिलने लगती हैं
पलस्तर घुटने लगता है
दरारें खुलने लगती हैं
कभी तुमको भी बुनियादों में मिट्टी भरनी पड़ती है
कभी मुझको दरारों की मरम्मत करनी पड़ती है
हमारे घर को जो भी देखता है रश्क करता है

म्यूज़ियम

सलाख़ें ही सलाख़ें
अनगिनत छोटे बड़े ख़ाने
हर इक ख़ाना नया चेहरा
हर इक चेहरा नयी बोली
कबूतर
लोमड़ी
तितली
हिरन, पत्थर, किरन, नागिन
कभी कुछ रंग सा झमके
कभी शोले सा बल खाये
कभी जंगल, कभी बस्ती, कभी दरिया सा लहराये
सिमटते, फैलते, फुंकारते, उड़ते हुए साये

न जाने कौन है वो
चलता फिरता म्यूज़ियम जैसा
शबाहत से तो कोई आदमी मालूम होता है

☆

अपना ग़म ले के कहीं और न जाया जाये
घर में बिखरी हुई चीज़ों को सजाया जाये

ख़ुदकुशी करने की हिम्मत नहीं होती सब में
और कुछ दिन अभी औरों को सताया जाये

बाग़ में जाने के आदाब हुआ करते हैं
किसी तितली को न फूलों से उड़ाया जाये

क्या हुआ शहर को, कुछ भी तो दिखाई दे कहीं
यूँ किया जाये कभी ख़ुद को रुलाया जाये

घर से मस्जिद है बहुत दूर चलो यूँ कर लें
किसी रोते हुए बच्चे को हंसाया जाये

सलीक़ा

देवता है कोई हम में
न फ़रिश्ता कोई
छू के मत देखना
हर रंग उतर जाता है
मिलने जुलने का सलीक़ा है ज़रूरी वरना
आदमी चंद मुलाक़ातों में मर जाता है

रास्ते की मंतक़

अभी अभी जो गया है धकेल कर तुम को
उसे बुरा न कहो
अपने पैर मत रोको
जो चल सको तो चलो
वरना रास्ता छोड़ो!
तुम्हारे पीछे भी कुछ लोग आ रहे होंगे
दया की भीख न माँगो
बढ़े चले यूँही
उमड़ती भीड़ की लहरें हैं तेज़ धार बहुत
यहाँ किसी की किसी से नज़र नहीं मिलती
न दोस्ती
न मोहब्बत
न फ़लसफ़ा कोई
ये रास्ता है यहाँ रास्ते की मंतक़ है
तलाश सब को है
मौक़े की बात है सारी
कोई फिसलता है
कोई फलाँग जाता है
जो आगे बढ़ता है दो चार को गिराता है
अभी अभी जो गया है धकेल कर तुम को
उसे बुरा न कहो

☆

दुनिया जिसे कहते हैं बच्चे का खिलौना है
मिल जाये तो मिट्टी है खो जाये तो सोना है

अच्छा सा कोई मौसम, तनहा सा कोई आलम
हर वक़्त का रोना तो बेकार का रोना है

बरसात का बादल तो दीवाना है क्या जाने
किस राह से बचना है किस छत को भिगोना है

ये वक़्त जो तेरा है, ये वक़्त जो मेरा है
हर गाम पे पहरा है, फिर भी इसे खोना है

ग़म हो कि ख़ुशी दोनों कुछ दूर के साथी हैं
फिर रस्ता ही रस्ता है हँसना है न रोना है

आवारा मिज़ाजी ने फैला दिया आँगन को
आकाश की चादर है धरती का बिछौना है

☆

कच्चे बख़िए की तरह रिश्ते उधड़ जाते हैं
लोग मिलते हैं मगर मिल के बिछड़ जाते हैं

यूँ हुआ दूरियाँ कम करने लगे थे दोनों
रोज़ चलने से, तो रस्ते भी उखड़ जाते हैं

छाँव में रख के ही पूजा करो ये मोम के बुत
धूप में अच्छे भले नक़्श बिगड़ जाते हैं

भीड़ से कट के न बैठा करो तनहाई में
बेख़ायाली में कई शहर उजड़ जाते हैं

मोर नाच

देखते देखते
उसके चारों तरफ़
सात रंगों का रेशम बिखरने लगा
धीमे धीमे कई खिड़कियाँ सी खुलीं
फड़फड़ाती हुई फ़ाख़तायें उड़ीं
बदलियाँ छा गयीं
बिजलियों की लकीरें चमकने लगीं
सारी बंजर ज़मीनें हरी हो गयीं
नाचते नाचते
मोर की आँख से
पहला आँसू गिरा
ख़ूबसूरत सजीले परों की धनक
टूट कर टुकड़ा टुकड़ा बिखरने लगी
फिर फ़िज़ाओं से जंगल बरसने लगा
देखते देखते.....

☆

घर से निकले हो तो सोचा भी किधर जाओगे
हर तरफ़ तेज़ हवायें हैं बिखर जाओगे

इतना आसाँ नहीं लफ़्ज़ों पे भरोसा करना
घर की दहलीज़ पुकारेगी जिधर जाओगे

शाम होते ही सिमट जायेंगे सारे रास्ते
बहते दरिया से जहाँ होगे ठहर जाओगे

हर नये शहर में कुछ रातें कड़ी होती हैं
छत से दीवारें जुदा होंगी तो डर जाओगे

पहले हर चीज़ नज़र आएगी बेमानी सी
और फिर अपनी ही नज़रों से उतर जाओगे

☆

जिसको भी यहाँ देखिए होशियार बहुत है
शायद ये सदी वक़्त से बेज़ार बहुत है

साँसों की गुज़रगाह से तनहा न गुज़रिए
दो चार क़दम बाद, ये दुश्वार बहुत है

घिर आयी घटा बाँधिए सामान सफ़र का
परदेस की बरसात शरर बार बहुत है

चलते ही हवा अब भी खनक उठते हैं मौसम
टूटी हुई पाज़ेब में झंकार बहुत है

आवारगी शाइस्ता हुई जाती है वरना
इस दौर में गुंजाइश-ए-इन्कार बहुत है

पहचान

(हाजिरा बेगम[1] की नज़र)

नहीं ये भी नहीं
ये भी नहीं
ये भी नहीं... वो तो
न जाने कौन थे
ये सब के सब तो मेरे जैसे हैं
सभी की धड़कनों में नन्हे नन्हे चाँद रौशन हैं
सभी मेरी तरह से वक़्त की भट्ठी के ईंधन हैं
जिन्होंने मेरी कुटिया में अँधेरी रात में घुस कर
मेरी आँखों के आगे
मेरे बच्चों को जलाया था
वो कोई और थे
वो चेहरे तो कहाँ अब ज़ेहन में महफ़ूज़ जज साहब
मगर हाँ!
पास हूँ तो सूँघ कर पहचान सकती हूँ
वो उस जंगल से आये थे
जहाँ की औरतों की गोद में
बच्चे नहीं हँसते

1. जलगांव के फ़साद में जिनके चार बच्चों को फ़सादियों ने ज़िन्दा जला दिया था।

जहाँ न तेरी महक हो उधर न जाऊँ
तेरी तलाश में ख़ुद से गुज़र न जाऊँ मैं

मिरे बदन में खुले जंगलों की मिट्टी है
मुझे सँभाल के रखना बिखर न जाऊँ मैं

मिरे मिज़ाज में बेमानी उलझनें हैं बहुत
मुझे उधर से बुलाना जिधर न जाऊँ मैं

न जाने कौन से लम्हे की बद्दुआ है ये
क़रीब घर के रहूँ और घर न जाऊँ मैं

फिर हुई शाम

फिर हुई शाम सितारे जागे
नीम की शाख़ में उलझा हुआ चाँद
झील के ठहरे हुए पानी में
लहराने लगा
वक़्त इक जंगली कबूतर की तरह
जिसकी क़ैद में घबराने लगा
रास्ते सजने लगे
ज़ेहन में सोया हुआ सदियों पुराना जंगल
सर्द तनहाइयाँ बरसाने लगा
दर्द फैलाने लगा
सो गये शहर के मंज़र सारे
साथ चलते हुए लोगों के शनासा चेहरे
आप ही आप बदलने लगे वीरानों में
फिर हुई शाम
बढ़ी दूरियाँ पहचानों में
फिर हुई शाम सितारे जागे

☆

कभी किसी को मुकम्मल जहाँ नहीं मिलता
कहीं ज़मीन, कहीं आसमाँ नहीं मिलता

तमाम शहर में ऐसा नहीं, ख़ुलूस न हो
जहाँ उम्मीद हो इसकी वहाँ नहीं मिलता

कहाँ चिराग़ जलायें, कहाँ गुलाब रखें
छतें तो मिलती हैं लेकिन मकाँ नहीं मिलता

ये क्या अज़ाब है सब अपने आप में गुम हैं
ज़बाँ मिली है मगर हम ज़बाँ नहीं मिलता

चिराग़ जलते ही बीनाई बुझने लगती है
खुद अपने घर में ही घर का निशाँ नहीं मिलता

☆

सारा ग़ुरूर पाँव में आकर ठिठक गया
देखा जो आँख भर के सरापा लचक गया

हम तुम वही हैं आज भी मौसम की बात थी
कुछ दिन तो सारा शहर ही फूलों से ढक गया

बादल गरज रहे हों तो दामन पसारिए
इस दुबली पतली शाख़ का हर आम पक गया

हर शहर में कहीं न कहीं याद आये तुम
आँखें महक उठीं, कहीं माथा चमक गया

☆

कभी बादल, कभी कश्ती, कभी गरदाब लगे
वो बदन जब भी सजे कोई नया ख़्वाब लगे

एक चुपचाप सी लड़की न कहानी न ग़ज़ल
याद आये जो कभी रेशम व कमख़्वाब लगे

घर के आँगन में भटकती हुई दिन भर की थकन
रात ढलती ही पके खेत सी शादाब लगे

अभी बेसाया है दीवार कहीं लोच न ख़ाम
कोई खिड़की कहीं निकले, कहीं मेहराब लगे

वो लड़की

वो लड़की याद आती है
जो होंठों से नहीं पूरे बदन से बात करती थी
सिमटते वक़्त भी चारों दशाओं में बिखरती थी

वो लड़की याद आती है
वो लड़की अब न जाने किसके बिस्तर की किरण होगी
अभी तक फूल की मानिंद होगी या चमन होगी
सजीली रात
अब भी
जब कभी घूँघट उठाती है
लचकती कहकशाँ जब बनते बनते टूट जाती है
कोई अलबेली ख़ुश्बू खोले मुस्कुराती है
वो लड़की याद आती है

तीन शे'र

वो जिनके ज़ेहन में गहराइयाँ हैं
जहाँ जायें वहाँ तनहाइयाँ हैं

हर इक आँगन में दीवारें खड़ी हैं
सभी के पास कुछ परछाइयाँ हैं

अभी कुछ और अपना क़द तराशो
बहुत नीची यहाँ ऊँचाइयाँ हैं

बस यूँही जीते रहो

बस यूँही जीते रहो
कुछ न कहो
सुबह जब सो के उठो
घर के अफ़राद की गिनती कर लो
टाँग पर टाँग रखे रोज़ का अख़बार पढ़ो
इस जगह क़हत गिरा
जंग वहाँ पर बरसी
कितने महफ़ूज़ हो तुम शुक्र करो
रेडियो खोल के फ़िल्मों के नये गीत सुनो
घर से जब निकलो तो
शाम तक के लिए होंठों में तबस्सुम सी लो
दोनों हाथों में मुसाफ़े भर लो
मुँह में कुछ खोखले, बेमानी से जुमले रख लो
मुख़्तलिफ़ हाथों में सिक्कों की तरह घिसते रहो
कुछ न कहो
उजली पोशाक
समाजी इज़्ज़त
और क्या चाहिए जीने के लिए
रोज़ मिल जाती है पीने के लिए
बस यूँही जीते रहो
कुछ न कहो

☆

शहरों में गाँव आते ही वीरान हो गये
वो धूप थी कि पेड़ों के साये भी खो गये

हमको भी याद थीं कई रंगीं कहानियाँ
पत्थर बना दिए गए ख़ामोश हो गये

पहले हमें भी नींद न आती थी घर से दूर
अब जिस जगह भी रात पड़ी थक के सो गये

घर से चले थे पूछने मौसम का हाल चाल
झोंके हवा के बालों में चाँदी पिरो गये

☆

दुख में नीर बहा देते थे, सुख में हँसने लगते थे
सीधे सादे लोग थे लेकिन कितने अच्छे लगते थे

नफ़रत चढ़ती आँधी जैसी, प्यार उबलते चश्मों सा
बैरी हूँ या संगी साथी सारे अपने लगते थे

बहते पानी दुख सुख बाँटें, पेड़ बड़े बूढ़ों जैसे
बच्चों की आहट सुनते ही खेत लहकने लगते थे

नदिया, पर्वत, चाँद, निगाहें, माला एक कई दाने
छोटे छोटे से आँगन भी कोसों फैले लगते थे

सवाल पूछते रहो

सरों पे आसमान था
क़दम क़दम ज़मीन थी
धुआँ धुआँ है आसमाँ
ज़मीन खो गयी कहाँ?
बरस रही है तीरगी
न हाथ हैं न पाँव हैं
न शहर हैं न गाँव हैं
सदायें ही सदायें हैं
तवन, चिराग़, ख़ून, डर
अरब, यहूद, कैंसर
चनाप, रूस, चीन, घर
सियाह सफ़ेद बेलगाम
तवा, कड़ाही, वियतनाम
सवाल ही हयात है
सवाल काएनात है
सवाल ही जवाब है
सवाल इंक़ेलाब है
कोई जवाब दे न दे
सवाल पूछते रहो

☆

मैं एक गहरी ख़ामोशी हूँ आ झिंझोड़ मुझे
मिरे हिसार में पत्थर सा गिर के तोड़ मुझे

बिखर सके तो बिखर जा मिरी तरह तू भी
मैं तुझको जितना समेटूँ तो उतना जोड़ मुझे

यहाँ तो तेरी शबाहत का अक्स है हर सू
जहाँ से साफ़ हो मंज़र वहाँ से छोड़ मुझे

मैं एक सरफिरा बादल मिरा सफ़र पानी
उछाल कर कोई मौसम नया निचोड़ मुझे

कली बन के खिला और फूल सा महका
महक उठूँ तो हवा पत्ती पत्ती तोड़ मुझे

आख़िरी सहारा

कई साल पहले
इसी शहर में वो
न जाने कहाँ की ज़मीं से उखड़ कर,
समुन्दर की बस्ती में उगने चला था

बहुत सारे अलफ़ाज़ थे साथ उसके
मोहब्बत के अलफ़ाज़
नफ़रत के जुमले
बग़ावत के क़िस्से, बदलते ज़माने
वतन की ज़मीनों के रंगीं तराने

गुज़रते हुए वक़्त का तेज़ रेला
चमकते हुए सारे लफ़्ज़ों का दफ़्तर
बहा ले गया है
मोहब्बत, शराफ़त, अदावत, बग़ावत
हरी घास सा, सारा सरमाया उसका
कड़ी धूप में सूख कर, लुट चुका है
फ़क़त एक ही लफ़्ज़ बाक़ी बचा है
'नहीं'

इक बड़ा सा नहीं अब तलक,
उसके होंठों पे चिपहा हुआ है
जिसे वो लगातार दोहरा रहा है
किसी डूबते आदमी की तरह से
वो कमज़ोर जबड़ों में तिनका दबाये
समुन्दरों की लहरों से टकरा रहा है

☆

बात कम कीजे ज़ेहानत को छुपाते रहिए
अजनबी हर शहर ये, दोस्त बनाते रहिए

दुश्मनी लाख सही ख़ात्म न कीजे रिश्ता
दिल मिले या न मिले हाथ मिलाते रहिए

ये तो चेहरे का फ़क़त अक्स है तसवीर नहीं
इस पे कुछ रंग अभी और चढ़ाते रहिए

ग़म है आवारा अकेले हैं भटक जाता है
जिस जगह रहिए वहाँ मिलते मिलाते रहिए

जाने कब चाँद बिखर जाए घने जंगल में
घर की चौखट पे कोई दीप जलाते रहिए

☆

मोहब्बत में वफ़ादारी से बचिए
जहाँ तक हो अदाकारी से बचिए

हर इक सूरत भली लगती है कुछ दिन
लहू की शोब्दाकारी से बचिए

शराफ़त, आदमियत, दर्दमंदी
बड़े शहरों में बीमारी से बचिए

ज़रूरी क्या हर इक महफ़िल में बैठें
तकल्लुफ़ की रवादारी से बचिए

बिना पैरों के सर चलते नहीं हैं
बुज़ुर्गों की समझदारी से बचिए

मशीन

मशीन चल रही हैं
नीले, पीले, लाल लोहे की मशीनों में
हज़ारों आहनी पुर्ज़े
मुक़र्रर हरकतों के दायरों में
चलते फिरते हैं
सहर से शाम तक पुरशोर आवाज़ें उगलते हैं

बड़ा छोटा हर इक पुर्ज़ा
कसा है कील पंचों से
हज़ारों घूमते पुर्ज़ों को अपने पेट में डाले
मशीनें सोचती हैं
चीख़ती हैं
जंग करती हैं
मशीनें चल रही हैं

☆

हँसने लगे हैं दर्द, चमकने लगे हैं ग़म
बाज़ार बन के निकले तो बिकने लगे हैं हम

नींदों के पास भी नहीं अब कोई रागिनी
सोते हैं थक के जिस्म मगर जागते हैं ग़म

अपना वुजूद ही था पहाड़ों का सिलसिला
हर रास्ता था साफ़ कहीं पेच थे न ख़ाम

ख़ुशहाल घर, शरीफ़ तबीयत, सभी का दोस्त
वो शख़्स था ज़्यादा मगर आदमी था कम

नया सफ़र

आसमाँ लोहा, दिशायें पत्थर
सरनिगूँ सारे खजूरों के दरख़्त
कोई हरकत न सदा
बुझ गयी बूढ़ी पहाड़ी पे चमकती हुई आग!
थम गये पाक सितारों से बरसते हुए राग
फिर से काँधों पे जमा लो सर को
फिर से जिस्मों में लगा लो टाँगें
ढूँढ़ लो खोई हुई आँखों को
अब किसी पर नहीं उतरेगा सहीफ़ा कोई

☆

मन बैरागी, तन अनुरागी, क़दम क़दम दुश्वारी है
जीवन जीना सहल न जानो बहुत बड़ी फ़नकारी है

औरों जैसे होकर भी हम बाइज़्ज़त हैं बस्ती में
कुछ लोगों का सीधापन है, कुछ अपनी अय्यारी है

जब जब मौसम झूमा हमने कपड़े फाड़े शोर किया
हर मौसम शाइस्ता रहना कोरी दुनियादारी है

ऐब नहीं है इसमें कोई, लाल परी न फूल गली
ये मत पूछो, वो अच्छा है या अच्छी नादारी है

जो चेहरा देखा वो तोड़ा, नगर नगर वीरान किए
पहले औरों से नाख़ुश थे अब ख़ुद से बेज़ारी है

इश्तेहारी सुतून

आज उसके लबों पे सुरख़ी है
आधा लड़का है आधी लड़की है

सर कटे आदमी नुमा ये सुतून
जाने कब से खड़ा हुआ है यूँही
सोचता है न बात करता है

उसकी लम्बाई उसकी चौड़ाई
रोज़ नीलाम होती रहती है
फ़ौज, बीमा, समाज, दीन, वतन
मुख़तलिफ़ हाथ
मुख़तलिफ़ साँचे
जो नया पोस्टर लगाता है
पिछले चेहरे को फाड़ जाता है

☆

किसी से ख़ुश है किसी से ख़फ़ा ख़फ़ा सा है
वो शहर में अभी शायद नया नया सा है

न जाने कितने बदन वो पहन के लेटा है
बहुत क़रीब है फिर भी छुपा छुपा सा है

सुलगता शहर, नदी, ख़ून — कब की बातें हैं
कहीं कहीं से ये क़िस्सा सुना सुना सा है

सरों के सींग तो जंगल की देन होते हैं
वो आदमी तो है लेकिन डरा डरा सा है

कुछ और धूप, हवा ओस सूख जाने तक
वो पेड़ अब के बरस भी हरा हरा सा है

वक़्त की ख़ाली आँख

चाक करके मिरे सीने का कंवल
उड़ गये पैर, समुन्दर, आकाश
मेरी बे नूर सदाओं के असीर
अब कोई देव
न पत्थर
न चिराग़
बन्द कमरा हैं निगाहें मेरी
अब न बादल, न हवायें मेरी
खो गयीं चारों दिशायें मेरी
बुझ गया दर्द के माथे पे चमकता तारा
अब न तलवार
न दस्तार
न बारूद
न फूल
वक़्त की आँख है ख़ाली कोई मीज़ान नहीं
अब किसी रंग की पहचान नहीं

फ़क़त चंद लम्हे

बहुत देर है
बस के आने में
आओ
कहीं पास की लान पर बैठ जायें
चटख़ता है मेरी भी रग रग में सूरज
बहुत देर से तुम भी चुप चुप खड़ी हो
न मैं तुमसे वाक़िफ़
न तुम मुझसे वाक़िफ़
नयी सारी बातें, नये सारे क़िस्से
चमकते हुए लफ़्ज़, चमकीले लहजे
फ़क़त चंद घड़ियाँ
फ़क़त चंद लम्हे
न मैं अपने दुख दर्द की बात छेड़ूँ
न तुम अपने घर की कहानी सुनाओ
मैं मौसम बनूँ
तुम फ़िज़ायें जगाओ

☆

आवाज़ें ही आवाज़ें, उजाले ही उजाले
मुझसे यहाँ लाखों हैं कोई मार न डाले

ज़ंजीर की लम्बाई तक आज़ाद है क़ैदी
जंगल में फिरे या कोई घरबार बसाले

तस्वीरों के इस शहर में नफ़रत भी बहुत है
अपना सा मिले कोई तो दुश्मन ही बना ले

बरसों से अँधेरों में पड़ा चीख़ रहा हूँ
मैं अपने ही अन्दर हूँ मुझे कौन निकाले

दुनिया से ख़फ़ा तू भी है, नाराज़ हूँ मैं भी
मैं बाल बढ़ा लेता हूँ तू दाढ़ी बढ़ा ले

☆

जागे हुए मिले हैं, कभी सो रहे हैं हम
मौसम बदल रहे हैं बसर हो रहे हैं हम

बैठे हैं दोस्तों में ज़रूरी हैं क़हक़हे
सबको हँसा रहे हैं मगर रो रहे हैं हम

आँखें कहीं, निगाह कहीं, दस्त-ओ-पा कहीं
किससे कहें कि ढूँढ़ो बहुत खो रहे हैं हम

हर सुबह फेंक जाती है बिस्तर पे कोई जिस्म
ये कौन मर रहा है, किसे ढो रहे हैं हम

शायद कभी उजालों के ऊँचे दरख़्त हों
सदियों से आँसुओं की चमक बो रहे हैं हम

मरसिया

वो मर गया चलो अच्छा हुआ
कई दिन से
घिसट रहा था बेचारा अज़ाब ख़त्म हुआ

खुद अपना जिस्म ही कन्धों पे अपने किया कम है
तमाम उम्र भला कौन किसको ढोता है

बहुत से लोग इकट्ठा हैं मौत का घर है
सभी ख़रीद के लाये हैं चार छः आँसू

कभी कभी का ये मिल बैठना ग़नीमत है

नये प्लान, तिजारत, मुआहिदे, वादे
मकान, बीमा, सिफ़ारिश, मुआशिक़े, झगड़े

जुलूस में हर इक चेहरा है फ़िक्र से मग़मूम
अवाम में बहुत हरदिल अज़ीज़ था मरहूम

☆

दुआ सलाम में लिपटी ज़रूरतें माँगे
क़दम क़दम पे ये बस्ती तिजारतें माँगे

कहाँ हर एक को आती है रास बरबादी
नये सफ़र की मुसाफ़त ज़ेहानतें माँगे

चमकते कपड़े, महकता खुलूस, पुख़्ता मकाँ
हर एक बज़्म में इज़्ज़त हिफ़ाज़तें माँगे

कोई धमाका, कोई चीख़, कोई हंगामा
लहू बदन का लहू की शबाहतें माँगे

कोई न हो मेरे तेरे अलावा बस्ती में
कभी कभी यही जज़्बा रक़ाबतें माँगे

घिसते हुए रिश्ते

चार छे दिन में
मेरी आँखों में
पी लिया उसके पूरे चेहरे को
वो भी मुमकिन है मेरे चेहरे को
अपनी आँखों से पी चुका होगा
वो भी बेचेहरा
मैं भी बेचेहरा
सिर्फ़ आँखों के ख़ोल बाक़ी हैं
जिनके अन्दर धँसी हुई आँखें
बस यूँही चंद बार देखेंगी
और फिर रफ़्ता रफ़्ता
कुछ दिन में
ये भी इक दूसरे को पी लेंगे

☆

उसके दुश्मन हैं बहुत, आदमी अच्छा होगा
वो भी मेरी ही तरह शहर में तनहा होगा

इतना सच बोल कि होंठों का तबस्सुम न बुझे
रौशनी ख़त्म न कर, आगे अँधेरा होगा

प्यास जिस नहर से टकराई वह बंजर निकली
जिसको पीछे कहीं छोड़ आये वो दरिया होगा

मेरे बारे में कोई राय तो होगी उसकी
उसने मुझको भी, कभी तोड़ के देखा होगा

एक महफ़िल में कई महफ़िलें होती हैं शरीक
जिसको भी पास से देखोगे अकेला होगा

खेल

आओ
कहीं से थोड़ी सी मिट्टी भर लायें
मिट्टी को बादल में गूँधें
नये नये आकार बनायें

किसी के सर पे चुटिया रख दें
माथे ऊपर तिलक सजायें
किसी के छोटे से चेहरे पर
मोटी सी दाढ़ी फैलायें
कुछ दिन इनसे जी बहलायें
और ये जब मैले हो जायें
दाढ़ी चोटी तिलक सभी को
तोड़ फोड़ के गडमड कर दें
मिलीजुली ये मिट्टी फिर से
अलग अलग साँचों में भर दें
नये नये आकार बनायें

दाढ़ी में चोटी लहराये
चोटी में दाढ़ी छुप जाये
किस में कितना कौन छुपा है
कौन बताये

☆

धूप कजलाई झमेले खो गये
शाम होते ही अकेले हो गये

जिनमें खो जाने का ख़दशा था बहुत
हम न खो पाये वो मेले खो गये

आँख में पानी कहाँ जो धोइए
पीरहन यादों के मैले हो गये

चढ़ते दरिया से मिले बिछड़े हुए
रेत बन बन कर अकेले हो गये

शहर में किस किस से लेते इंतेक़ाम
घर में आके सबसे पहले सो गये

फ़रेब

वो न आया है
न आएगा
यूँही सदियों से
पानी बेलहर है
चुपचाप खड़े हैं पर्वत
रास्ते जागते रहते हैं
हर इक आहट पर
चौंक जाते हैं
मगर कोई नहीं
किसी बजते हुए शीशे की खनक
दूर उड़ते हुए पंछी के परों की लरज़िश
कोई नाकाम अकेली लग़ज़िश
वक़्त मुट्ठी में बँधी रेत सा
ज़र्रा ज़र्रा
उँगलियाँ चीर के बहता ही चला जाता है
कहकशाँ खिलती है सर पर
न सिमटती है ज़मीं
सिर्फ़ परछाइयाँ आती हैं गुज़र जाती हैं
वो न आया है
न आएगा ------ कभी

☆

दिल था हस्सास बहुत ज़ेर-ओ-ज़बर से गुज़रा
जो भी तूफ़ाँ उठा पहले मेरे घर से गुज़रा

किसी दीवार से टकराया न दर से गुज़रा
वक़्ते हैरत है ख़ुदा जाने किधर से गुज़रा

इंक़लाबों का कोई वक़्त, न तारीख़ न दिन
जब भी पानी किसी सैलाब का सर से गुज़रा

इतना छोटा तो कभी शहर नहीं था पहले
तेरे रस्ते ही से गुज़रा मैं जिधर से गुज़रा

ज़िन्दगी जागी हुई आँख का रंगीन फ़रेब
जो भी गुज़रा वो सराबों के सफ़र से गुज़रा

इतनी पी जाओ

इतनी पी जाओ
कि कमरे की सियाह ख़ामोशी
इससे पहले कि कोई बात करे
तेज़ नुकीले सवालात करे
इतनी पी जाओ कि दीवारों के बेरंग निशान
इससे पहले कि
कोई रूप भरें
माँ बहन भाई को तस्वीर करें
मुल्क तक़सीम करें
इससे पहले कि उठें दीवारें
ख़ून से माँग भरीं तलवारें
यूँ गिरो टूट के बिस्तर पे अँधेरा खो जाये
जब खुले आँख सवेरा हो जाये
इतनी पी जाओ!

☆

रात के बाद नये दिन की सहर आयेगी
दिन नहीं बदलेगा तारीख़ बदल जायेगी

हँसते हँसते कभी थक जाओ तो छुप के रो लो
ये हँसी भीग के कुछ और चमक जायेगी

जगमगाती हुई सड़कों पे अकले न फिरो
शाम आएगी किसी मोड़ पे डस जायेगी

और कुछ देर यूँही जंग, सियासत मज़हब
और थक जाओ अभी नींद कहाँ आयेगी

मेरी गुरबत को शराफ़त का अभी नाम न दे
वक़्त बदला तो तेरी राय बदल जायेगी

वक़्त नदियों को उछाले कि उड़ाये पर्वत
उम्र का काम गुज़रना है गुज़र जायेगी

अकेला ग़म

वो तेरा ग़म हो
या मेरा ग़म हो
उदास कमरों में क़ैद जंगल के शेर चीते
घुटी हुई अजनबी फ़िज़ाओं में
अपनी शक्ति गँवा चुके हैं
मगर ये ज़िन्दा हैं जी रहे हैं
मेरा तेरा ख़ून पी रहे हैं
न कोई दरवाज़ा खोलता है
न खिड़कियों को टटोलता है
ये जंगलों की महान शक्ति
जो तेरी सिग्रेट में जल रही है
जो मेरे काग़ज़ पे लम्हा लम्हा पिघल रही है
उदास कमरों के दायरों में
न जाने कब तक बँटी रहेगी
गली-सड़क से कटी रहेगी
वो मेरा ग़म हो या तेरा ग़म हो
अकेला ग़म बेज़ुबाँ सवाली
अकेला ग़म रास्ते की नाली
अकेला ग़म माँ बहन की गाली

☆

हर इक रस्ता अँधेरों में घिरा है
मोहब्बत इक ज़रूरी हादसा है

गरजती आँधियाँ ज़ाए हुई हैं
ज़मीं पे टूट के आँसू गिरा है

निकल आये किधर मंज़िल की धुन में
यहाँ तो रास्ता ही रास्ता है

दुआ के हाथ पत्थर हो गये हैं
ख़ुदा हर ज़ेहन में टूटा पड़ा है

तुम्हारा तजुर्बा शायद अलग हो
मुझे तो इल्म ने भटका दिया है

नयी डायरी का एक वरक़

सिर्फ़ कागज़ के कलेंडर में नया दिन बदला
सिर्फ़ लोहे में वक़्त का डायल घूमा
चाबियों वाला खिलौना
चुपचाप
घर की दहलीज़ से बाहर आकर
दायरा दायरा
नाचा
झूमा
तालियाँ बजती रहीं
क़हक़हे सजते रहे
चौकड़ी भरता हुआ धूप हिरन
आख़िरी बस के सियाह पहिये से
हाँफता काँपता
टकराया
गिरा
टूट गया
एक दिन और कई दिन की तरह रूठ गया
आज भी वो ही हुआ
जिसके होने का बहुत ख़दशा था
आज भी कुछ न हुआ

☆

घेरों से मुआफ़ी के निकलने तो लगे हैं
अलफ़ाज़ गली कूचों में चलने तो लगे हैं

रंगीन नक़ाबों में भी छुपते नहीं चेहरे
आईनों के अन्दाज़ बदलने तो लगे हैं

कागज़ की लकीरों का भ्रम टूट रहा है
बेसिम्त सही, क़ाफ़िले चलने तो लगे हैं

शहरों की तरफ़ बढ़ने लगे बाँस के जंगल
बारूद के घर आग उगलने तो लगे हैं

ख़तरे के निशानात अभी दूर हैं लेकिन
सैलाब किनारों पे मचलने तो लगे हैं

ख़ुदकुशी

क्या ख़ूब आदमी था बला का ज़हीन था
कहता था माँ की गोद से तारीक क़ब्र तक
इक रास्ता है
जिस पे चले जा रहे हैं हम
पहिये पे चढ़ चुके हैं
घिसे जा रहे हैं हम
उलझा रहा वो ज़ेहन के अन्दर तमाम उम्र
हर पल नया सवाल था
जीना बवाल था
महदूद हो के सोचना
उसको मुहाल था
लीडर बना!
न चोर!
न रूहानी पेशवा!
अफ़सोस जैसे आया था वैसे ही चल दिया
हर क़द को नापता था यही उसका ऐब था
कमबख़्त को ये ऐब छुपाना न आ सका
लोगों को बेवक़ूफ़ बनाना न आ सका
क्या ख़ूब आदमी था

हादसा

कई ऊँची ऊँची हसीं बिल्डिंगों को
छुपाये हुए अपने थैले के अन्दर
सफ़र शहर दर शहर करता रहा वो
जहाँ भी रुका वो
हथेली पर रख कर
महल, खेत, नदियाँ नचाता रहा वो
घने जंगलों की अँधेरी ज़मीनों में आबादियों को जगाता रहा वो
वो सूरज का बेटा
निगाहों में उसकी गरजती हुई आँधियों का धुआँ था
क़दम उसके धरती थे
सर आसमाँ था
वो सूरज का बेटा था
लेकिन न जाने उसे किसने ये मशवरा दे दिया था
सड़क के किनारे किसी झोंपड़ी को वो कन्धों पे अपने उठाने लगा था
हक़ीक़त से आँखें मिलाने लगा था
यही हादसा था

☆

राक्षस था न ख़ुदा था पहले
आदमी कितना बड़ा था पहले

आसमाँ, खेत, समुन्दर सब लाल
ख़ून काग़ज़ पे उगा था पहले

मैं वो मक़्तूल जो क़ातिल न बना
हाथ मेरा भी उठा था पहले

अब किसी से भी शिकायत न रही
जाने किस किस से गिला था पहले

शहर तो बाद में वीरान हुआ
मेरा घर ख़ाक हुआ था पहले

गीत

☆

धूप भरी छत पे बरस गया पानी
आँगन में आ के
अँगीठी बुझा के
नागिन सा लहरा के ----- डस गया पानी
झूले में लहरायें सतरंगे सावन
जागे पड़ोसी जगाये पड़ोसन
छम छम छमा छम झना झन झना झन
बीना के तारों सा
कस गया पानी...
खिड़की अँधेरों में खिड़की को खींचे
मौसम न देखे कभी आगे पीछे
लेकिन गली अपनी आँखें न मींचे
थाना कचहरी में
फँस गया पानी
धूप भरी छत पे बरस गया पानी
छप्पर की कुटिया न कुंजी न ताले
जब चाहे बरसात नींदें चुरा ले
रोटी को बेले या घर को सँभाले
जलते तवे पर
झुलस गया पानी

☆

सुन रे पीपल तेरे पत्ते शोर मचाते हैं
जब वो आते हैं
पहला पहला प्यार हम डर जाते हैं

तेरी बाँहों में झोली पुरवाई
मैं कब बोली
जब तब बरखा आयी तू ने खेली
आँख मिचोली
ऐसी वैसी बातों को कब मुँह पर लाते हैं
सुन रे पीपल तेरे पत्ते शोर मचाते हैं
जब वो आते हैं
निर्धन के घर में पैदा होना है
जीवन खोना
सूनी माँग सजाने वाले माँगें
चाँदी सोना
हम साये ही हम सायों के राज़ छुपाते हैं
सुन रे पीपल तेरे पत्ते शोर मचाते हैं
जब वो आते हैं

☆

चाँद उगा के देख ओ माँझी
रात जगा के देख
सरगम सरगम गीत छुपे हैं
साज़ उठा के देख

ये जीवन है भय्या
भँवर बीच नय्या
चला चल जैसे
चले पुरवय्या
तिनका तिनका जोड़ के अपना घर बाँधे गौरय्या
लहर लहर लहराये किनारा
नाव बढ़ा के देख
चाँद उगा के देख ओ माँझी
साज़ उठा के देख
नशा कोई गहरा
सुनहरा सुनहरा
कहीं कोई मूरत
कहीं कोई चेहरा
कहाँ रखेगा दुनिया सारी
छोटा कर ले घेरा
छोटे छोटे घेरों में संसार सजा के देख

☆

उत्तर, दक्षिण, पूरब, पच्छिम
अलग अलग हर धारा
जगह जगह बँटवारा

दुख का चेहरा एक ही चेहरा
दुख के भेस हज़ारों
मेरी कुटिया, तेरा आँगन
बंगलादेस हज़ारों

रोती आँखें मन्दिर मस्जिद
टूटा दिल गुरुद्वारा
जगह जगह बँटवारा

कमरा कमरा पूरी धरती
हर मजबूरी ख़्वाब
एक आँसू माटी का भोजन
सौ आँसू सैलाब
टुकड़ा टुकड़ा सारा सूरज
साबुत सब अँधियाया
जगह जगह बँटवारा

☆

कैरी में चमकी खटास
पेड़ों में झूले पड़े

झपके पलक छत गिरे
ऊधम मचाये जगार
नस नस भरी च्योंटियाँ
बिस्तर में सूइयाँ हज़ार
महकी निबोली की बास

भय्या बहन से लड़े
पेड़ों में झूले पड़े

कच्चे करौंदों के फूल
फूलों पर हीरों के काम
बच्चों की आँखों सी धूप
जंगली कबूतर सी शाम
उखड़े पड़ोसन की साँस

सूखे तो पत्ता झड़े
केरी में चमकी खटास
पेड़ों झूले पड़े

☆

जीवन शोर भरा सन्नाटा
ज़ंज़ीरों की लम्बाई तक सारा सैर सपाटा
जीवन...

हर मुट्ठी में उलझा रेशम
डोरे भीतर डोरा
बाहर सौ गाँठों के ताले
अन्दर काग़ज़ कोरा
काजल, शीशा परचम, तारा
हर सौदे में घाटा
जीवन शोर भरा सन्नाटा
चारों ओर चट्टानें हायल
बीच में काली रात
रात के मुँह में सूरज
सूरज में क़ैदी सब ह़ाथ
नंगे पैर अक़ीदे सारे पग पग लागे काँटा
जीवन...

☆

बड़ा मज़ा आया लड़ाई में
टूट गयी चूड़ी कलाई में

शरबत से मीठे, दवाई से कड़वे
सय्याँ ग़ज़ब के शरीर
गीले अँधेरों में चूके निशाना
बरसाये तीरों पे तीर
धुआँ धुआँ मौसम रज़ाई में
बड़ा मज़ा आया लड़ाई में
रेशम के गुच्छे सा खुलता सवेरा
उजले हवाओं के चेहरे
नीले अँधेरे, गुलाबी उजाले
बादल सुनहरे सुनहरे
नया नया पानी तराई में
बड़ा मज़ा आया लड़ाई में

☆

पहली बूँद पड़ी पानी की
हवा हुई सैलानी
हवा हुई सैलानी, जागी सोई हुई नादानी
हरे गुलाबी साये छाये
धूप चली मैदानों से
निकल पड़ीं हिरनों की डारें
छूटे तीर कमानों से
घर घर शोर करे मनमानी
हवा हुई सैलानी
धुले धुलाये बच्चों से दिन
होली खेलें राहों में
चुने दुपट्टों से अँधियारे
छन छन खनकें बाँहों में
सौ सौ स्वाँग रचाये पानी
हवा हुई सैलानी
धानी पगड़ी वाला मौसम
धरती सींचे बादल से
बीड़ी पीकर खाँसे सूरज
चन्दा झाँके आँचल से
सूद बढ़ाये बरखा रानी
हवा हुई सैलानी
हवा हुई सैलानी जागी सोई हुई नादानी

☆

भाग रही हैं काली रातें
दौड़ रहे हैं दिन
बदलता पल पल मंज़र रे

बूढ़े बरगद को घुन चाटे
हर लोहा मुड़ जाये
पक्की ईंटों का दो महला
तिनकों सा उड़ जाये
थाल कटोरे, सोना चाँदी
चाहे जितना गिन
सभी कुछ कंकर पत्थर रे
जो पल जाये लौट न पाये
दिया जले बुझ जाये
फिर भी आँखें सपने देखें
दर्पण माँग सजाये
पत्ता पत्ता झड़े बुढ़ापा
फूल चुने कमसिन
मगर हर तोल बराबर रे

☆

नीबू की फाँकों से
नैना रसीले
बेला, चमेली सी खिलती उमरिया
झोंके कुएँ ताल, ताके नहरिया
छम छम से थम जाये चलती बजरिया
चिकनी ढलानें लचकदार टीले
नीबू की फाँकों से...
कोरा बदन जैसे बजता रुपय्या
सोते में उठ उठ के बर्राये मय्या
हर रोज़ लोगों से टकराये भय्या
देखें तो रस्ता न छोड़ें हठीले
नीबू की फाँकों से...

☆

पानी, सबज़ा, नारी, पंछी, बालक, बादल
धूप
माटी के सौ रूप

नाग उठे फन को लहराता
जंगल शेर दहाड़े
मोर धनक बिन छम छम नाचे
बालक रटे पहाड़े
नदिया तट पर छलके गागर
आँगन फटके सूप
माटी के सौ रूप
नदी उड़े बादल बन जाये
बादल घुले तो खेत
बीज में पेड़ और पेड़ में सूरज
सूरज अन्दर रेत
परदा पीछे एक ही चेहरा
नये नये बहरूप
माटी के सौ रूप

☆

गुज़र गयी शोर मचाती रेल
अकेला चुपचाप स्टेशन

चमकते मोती जैसा घर
दोपट्टे, आँगन, गलियारे
धुएँ के काले काले जाल
छमाछम बरसे अंगारे
उतर गयी सीना सीना रेत
सभायें, आज़ादी, भाषण
अक़ीदे घेरा घेरा क़ैद
ज़मीनें रेखाओं का खेल
किताबें नीली, पीली, लाल
अधूरी भाषाओं का खेल
बिखर गयी बस्ती बस्ती आग
    क़लम, जुज़दान, धनक ईंधन
    अकेला चुपचाप स्टेशन

☆

ख़ूब समय का खेल रे बाबा
ख़ूब समय का खेल

मैं तेरा बैरी, तू मेरा बैरी
बैर न कोई बीच
तेरा दुख भी शेर का पंजा
मेरा दुख भी रीछ
सारे जंगल एक से जंगल
मछली, लोहा, तेल रे बाबा
ख़ूब समय का खेल
चमकीले कपड़ों के परचम
रंग बिरंगे नारे
बादल, चाँद, घटायें, सूरज
खेल तमाशे सारे
तू भी बन्दी
मैं भी बन्दी
चारों जानिब जेल रे बाबा
ख़ूब समय का खेल

☆

मन नहीं लागे
बैरी जीवन रेशम रेशम
उलझे सारे धागे
मन नहीं लागे

बीना के तारों में सरगम
सरगम के घेरे में गीत
गीतों की सीमा पे सपने
सपनों में अनदेखा मीत
नील गगन में चन्दा भटके
सूरज दिन भर जागे
उलझे सारे धागे
उतरे धुँधलकों में सूरज
लहरों में लहराये आग
चुप चुप किनारों के पत्थर
नदिया के होंठों में झाग
मन का पंछी गुमसुम बैठे
तन पर्वत पर भागे
उलझे सारे धागे

☆

ये समय बड़ा हरजाई
समय से कौन लड़ा है भाई
राजा सेना ले के घूमे नगर नगर हो आये
जिस माटी को जीते मूरख उसमें ही खो जाये
न आये काम कोई चतुराई
समय से कौन लड़ा है भाई
ढलता सूरज दिन ले जाये चन्दा रात चुराये
साँसों का अनमोल ख़ज़ाना पग पग लुटता जाये
लुटेरा लूटे हर अँगनाई
समय से कौन लड़ा है भाई

तेज़ हवाओं के झोंकों में जीवन जोत जगाये
झाड़ी झाड़ी बालक भटके तितली हाथ न आये
उड़ाती धूल फिरे दानाई
समय से कौन...

☆

एक रुपया के सोला आने
दो आने का मोल

भाई बहन पूरब और पच्छिम
माता पिता बेज़ार
घूँघट में सिमटी ख़ामोशी
दो धारी तलवार
घर की लाज खड़ी दरवाज़े
कब से साँकल खोल
एक रुपया के सोला आने
दो आने का मोल
जाने पहचाने, अनजाने
अपने अपने घाव
आँगन आँगन जलती ज्वाला
सड़क सड़क पथराव
शब्दों के सब चेहरे ज़ख़्मी
नंगे सारे बोल
एक रुपया के सोला आने
दो आने का मोल

☆

मौसम छैल छबीला
देख अकेला घेरे मुझको माने नहीं नशीला
मौसम
मौसम छैल छबीला
छम छम बरसे बादल बन कर
कभी घटा सा झूमे
हवा बने तो आफ़त ढाये
यहाँ वहाँ, सब चूमे
बिन बियाहे लड़कों सा नटखट, बच्चों सा शर्मीला
मौसम
मौसम छैल छबीला
सखियों सी चंचल दोपहरें
खट्टी मीठी छाँव
रेल की सीटी बन में गूँजे
छन से टूटे गाँव
भूली बिसरी यादें बरसीं, मन हो जाये गीला
मौसम
मौसम छैल छबीला

☆

मेरे तेरे नाम नये हैं दर्द पुराना है
ये दर्द पुराना है
आँसू हर युग का अपराधी है
हर आँगन का चोर
कोई न थामे दामन इसका
घूमे चारों ओर
गुमसुम है संसार कचहरी चुप चुप थाना है
ये दर्द पुराना है
जो जी चाहे वो हो जाये
कब ऐसा होता है
बिस्तर बिस्तर प्यार लपेटे
समझौता सोता है
अलग अलग उनवान हैं लेकिन एक फ़साना है
ये दर्द पुराना है

☆

जीना हो तो जीना सीखो
इधर उधर मत भटको

बस्ती बस्ती जाल बिछे हैं
ख़्वाबों के फन्दे हैं
पट्टियों के बल चलने वाले
सदियों से अन्धे हैं
हर अज़मत के पैरों नीचे
औरों के कन्धे हैं
औरों के कन्धों पे चढ़ कर
अपने कन्धे झटको
इधर उधर मत भटको

क़दम क़दम पर बुत फैले हैं
कब तक सर टकराव
बहती भीड़ जिधर ले जाये
चुप चुप बहते जाओ
जब तक ठोकर मार न पाओ
हँस के ठोकर खाओ

लोहे की ज़ंज़ीर के अन्दर
लोहा बन के अटको
इधर उधर मत भटको

आख़िरी ख़त

कई साल पहले
किसी ने अगर कोई रस्ता चुना हो
और उस रास्ते पर
अँधेरों, उजालों से लड़ता रहा हो
कभी सख़्त चट्टान सा जम गया हो
कभी आँधियों में घिरे पेड़ जैसा उखड़ता रहा हो
मगर फिर भी आगे ही बढ़ता रहा हो
यूँही चलते चलते बहुत दूर जा कर
अगर इस मुसाफ़िर में अहसास जागे
मेरा रास्ता ये नहीं दूसरा है
तो क्या हो
जो आगे बढ़े अब
अँधेरों को अपना मुक़द्दर बनाये
अगर पीछे लौटे तो
साँसों की पूँजी जो आधी बच्ची है
उसे भी गँवाये
दुआओं का तालिब हूँ, फ़ुरसत मिले तो
मूरे हक़ में तुम भी दुआ करती रहना

आँख और ख़्वाब के दरमियान

अपनी छोटी बहन की छोटी बेटी

मारिया के लिए

घर से मस्जिद है बहुत दूर चलो यूँ कर लें
किसी रोते हुए बच्चे को हँसाया जाये

वक़्त से पहले

यूँ तो हर रिश्ते का अंजाम यही होता है
फूल खिलता है
महकता है
बिखर जाता है
तुम से वैसे तो नहीं कोई शिकायत
लेकिन
शाख़ हो सब्ज़
तो हस्सास फ़िज़ा होती है
हर कली ज़ख़्म की सूरत ही जुदा होती है
तुमने
बेकार ही मौसम को सताया वरना
फूल जब खिल के महक जाता है
ख़ुद-ब-ख़ुद
शाख़ से गिर जाता है

नये घर की पहली नज़्म

चार दीवारों पे छत बाँध के
जब वो उतरा
जिस्म था उसका पसीने से शराबोर
मगर
उसको आराम की मोहलत न मिली
घर की दीवारों ने
दीवारों की ज़ीनत के लिए
नीले आकाश में उड़ते हुए
उसके सर को
घर के अन्दर ही मुक़फ़्फ़ल करके
उसके बे सर के बदन के ऊपर
साज़ो सामान की
फ़ेहरिस्त लगा दी ऐसे
कोई ढलवान पर पहिए को घुमा दे जैसे
देखते देखते
टी.वी.
फ्रिज
सोफ़ा बन के

आदमी खो गया इज़्ज़त का तमाशा बन के
हर घड़ी भागते रहना है
मुक़द्दर उसका
घर की दीवारों ने ही
छीन लिया घर उसका

☆

सफ़र में धूप तो होगी जो चल सको तो चलो
सभी हैं भीड़ में तुम भी निकल सको तो चलो
किसी के वास्ते राहें कहाँ बदलती हैं
तुम अपने आपको खुद ही बदल सको तो चलो
यहाँ किसी को कोई रास्ता नहीं देता
मुझे गिरा के अगर तुम सँभल सको तो चलो
कहीं नहीं कोई सूरज धुआँ धुआँ है फ़िज़ा
खुद अपने आप से बाहर निकल सको तो चलो
यही है ज़िन्दगी कुछ ख़्वाब चंद उम्मीदें
इन्हीं खिलौनों से तुम भी बहल सको तो चलो

☆

हर चमकती कुर्बत में एक फ़ासला देखूँ
कौन आने वाला है किसका रास्ता देखूँ
शाम का धुँधलका है या उदास ममता है
भूली बिसरी यादों से फूटती दुआ देखूँ
मस्जिदों में सजदों की मशअलें हुईं रौशन
बेचिराग़ गलियों में खेलता ख़ुदा देखूँ
लहर लहर पानी में डूबता हुआ सूरज
कौन मुझ में दर आया उठ के आईना देखूँ
लहलहाते मौसम में तेरा ज़िक्र-ए-शादाबी
शाख़ शाख़ पर तेरे नाम को हरा देखूँ

एक तस्वीर

सुबह की धूप
धुली शाम का रूप
फ़ाख़ताओं की तरह सोच में डूबे तालाब
अजनबी शहर के आकाश
अँधेरों की किताब
पाठशाला में चहकते हुए मासूम गुलाब
घर के आँगन की महक
बहते पानी की खनक
सात रंगों की धनक
तुमको देखा तो नहीं है
लेकिन
मेरी तनहाई में
ये रंग बिरंगे मंज़र
जो भी तस्वीर बनाते हैं
वो!
तुम जैसी है

☆

मुमकिन है सफ़र हो आसाँ अब साथ भी चल कर देखें
कुछ तुम भी बदल कर देखो, कुछ हम भी बदल कर देखें
आँखों में कोई चेहरा हो, हर गाम पे एक पहरा हो
जंगल से चलें बस्ती में दुनिया को सँभल कर देखें
सूरज की तपिश भी देखी, शोलों की कशिश भी देखें
अब के जो घटायें छाई बरसात में जल कर देखें
दो चार क़दम हर रस्ता पहले की तरह लगता है
शायद कोई मंज़र बदले कुछ दूर तो चल कर देखें
अब वक़्त बचा है कितना जो और लड़ें दुनिया से
दुनिया की नसीहत पर भी थोड़ा सा अमल कर देखें

एक ख़त

तुम आइये की आरायश में जब खोई हुई सी थीं
खुली आँखों की गहरी नींद में सोई हुई सी थीं
तुम्हें जब अपनी चाहत थी
मुझे तुमसे मोहब्बत थी

तुम्हारे नाम की ख़ुश्बू से जब मौसम सँवरते थे
फ़रिश्ते जब तुम्हारे रात दिन ले कर उतरते थे
तुम्हें पाने की हसरत थी
मुझे तुमसे मोहब्बत थी

तुम्हारे ख़्वाब जब आकाश के तारों में रौशन थे
गुलाबी अंखड़ियों में धूप थी आँचल में सावन थे
बहुत सों से रक़ाबत थी
मुझे तुमसे मोहब्बत थी

तुम्हारा ख़त मिला
मैं याद हूँ तुमको अनायत है
बदलते वक़्त की लेकिन हर इक दिल पे हुकूमत है
वो पहले की हक़ीक़त थी
मुझे तुमसे मोहब्बत थी

☆

बदला न अपने आप को जो थे वही रहे
मिलते रहे सभी से मगर अजनबी रहे
हर वक़्त हर मुक़ाम पे हँसना मोहाल है
रोने के वास्ते भी कोई बेकली रहे
दुनिया न जीत पाओ तो हारो न आपको
थोड़ी बहुत तो ज़ेहन में नाराज़गी रहे
अपनी तरह सभी को किसी की तलाश थी
हम जिसके भी क़रीब रहे दूर ही रहे
गुज़रो जो बाग़ से तो दुआ माँगते चलो
जिसमें खिले हैं फूल वो डाली हरी रहे

☆

हर घड़ी ख़ुद से उलझना है मुक़द्दर मेरा
मैं ही कश्ती हूँ मुझी में है समुन्दर मेरा
किससे पूछूँ कि कहाँ गुम हूँ कई बरसों से
हर जगह ढूँढ़ता फिरता है मुझे घर मेरा
एक से हो गये मौसम हूँ कि चेहरे सारे
मेरी आँखों से कहीं खो गया मंज़र मेरा
मुद्दतें बीत गयीं ख़्वाब सुहाना देखो
जागता रहता है हर नींद में बिस्तर मेरा
आईना देख के निकला था मैं घर से बाहर
आज तक हाथ में महफ़ूज़ है पत्थर मेरा

शिकायत

तुम्हारी बजा है
मगर तुमसे पहले भी
दुनिया यही थी
यही आज भी है
यही कल भी होगी
तुम्हें भी इसी ईंट पत्थर की दुनिया में
पल पल बिखरना है
जीना है मरना है
बदलते हुए मौसमों की ये दुनिया
कभी गर्म होगी
कभी सर्द होगी
कभी बादलों में नहायेगी धरती
कभी दूर तक
गर्द ही गर्द होगी
फ़क़त एक तुम ही नहीं हो
यहाँ जो भी अपनी तरह सोचता है
ज़माने की नयरंगियाँ से ख़फ़ा है
हर इक ज़िन्दगी इक नया तजुर्बा है
मगर जब तलक ये शिकायत है ज़िन्दा
ये समझो
ज़मीं पर मोहब्बत है ज़िन्दा

☆

हम हैं कुछ अपने लिए कुछ हैं ज़माने के लिये
घर से बाहर की फ़िज़ा हँसने हँसाने के लिये
यूँ लुटाते न फिरो मोतियों वाले मौसम
ये नगीने तो हैं रातों को सजाने के लिये
अब जहाँ भी हैं वहीं तक लिखे रूदाद-ए-सफ़र
हम तो निकले थे कहीं और ही जाने के लिये
मेज़ पर ताश के पत्तों से सजी है दुनिया
कोई खोने के लिये है कोई पाने के लिये
तुमसे छूट कर भी तुम्हें भूलना आसान न था
तुमको ही याद किया तुमको भुलाने के लिये

इंतेशार

हर एक जुर्म नाम है
जो नाम संगसार है
वो नाम बेकुसूर है
कुसूरवार भूक है
जो मुद्दतों से रायफ़ल है
चीख़ है
पुकार है
यही गुनहगार है
नहीं ये भूक तो किसी महल की पहरेदार है
ग़रीब ताबे'दार है
गुनहगार है महल
मगर महल तो ख़ुद
सियासतों का इश्तेहार है
सियासतों के इर्द-गिर्द भी कोई हिसार है
अजीब इंतेशार है
न कोई चोर, चोर है
न कोई साहूकार है
ये कैसा कारोबार है
ख़ुदा की कायनात का
ख़ुदा ही ज़िम्मेदार है

☆

कुछ तबीयत ही मिली थी ऐसी चैन से जीने की सूरत न हुई
जिसको चाहा उसे अपना न सके जो मिला उससे मोहब्बत न हुई
जिससे जब तक मिले दिल ही से मिले दिल जो बदला तो फ़साना बदला
रस्मे दुनिया को निभाने के लिए हम से रिश्तों की तिजारत न हुई
दूर से था वो कई चेहरों में पास से कोई भी वैसा न लगा
बेवफ़ाई भी उसी का था चलन फिर किसी से ये शिकायत न हुई
छोड़ कर घर को कहीं जाने से, घर में रहने की इबादत थी बड़ी
झूठ मशहूर हुआ राजा का, सच की संसार में शोहरत न हुई
वक़्त रूठा रहा बच्चे की तरह राह में कोई खिलौना न मिला
दोस्ती की तो निभाई न गयी, दुश्मनी में भी अदावत न हुई

☆

अब ख़ुशी है न कोई दर्द रुलाने वाला
हमने अपना लिया हर रंग ज़माने वाला
एक बेचेहरा सी उम्मीद है चेहरा चेहरा
जिस तरफ़ देखिये आने को है आने वाला
उसको रुख़सत तो किया था मुझे मालूम न था
सारा घर ले गया घर छोड़ के जाने वाला
दूर के चाँद को ढूँढ़ो न किसी आँचल में
ये उजाला नहीं आँगन में समाने वाला
इक मुसाफ़िर के सफ़र जैसी है सबकी दुनिया
कोई जल्दी में कोई देर से जाने वाला

☆

पड़ोसी के बच्चे को क्यों डाँटती हो
शरारत तो बच्चों का शेवा रहा है
बेचारी सुराही का क्या दोष इसमें
कभी ताज़ा पानी भी ठंडा हुआ है
सहेली से बेकार नाराज़ हो तुम
दोपट्टे पे धब्बा तो कल का पड़ा है
रिसाले को झुँझला के क्यों फेंकती हो
बिना ध्यान के भी कोई पढ़ सका है
किसी जाने वाले को आख़िर ख़बर किया
जहाँ लड़कियाँ होंठ कम खोलती हैं
परिन्दों की परवाज़ में डोलती हैं
महक बन के हर फूल में बोलती हैं

☆

जिनकी पलकें भीग रही हैं उनको भी ग़म होगा
लेकिन जिस पर आब न ठहरे वो मोती कम होगा
मेरे गीतों जैसी तेरे फूलों की तहरीरें
धरती तेरे अन्दर भी शायद कोई ग़म होगा
भीग चुकी है रात तो सूरज के उगने तक जागो
जिस तकिये पर सर रखोगे वो तकिया नम होगा
बादल, चाँद, घटायें, सूरज, ये बातें क्या जानें
उनसे पूछो किस बस्ती में कैसा मौसम होगा
मेरे तेरे चूल्हों में तो इतनी आग नहीं थी
जिससे सारा शहर जला है कोई परचम होगा

☆

आँख को जाम लिखो ज़ुल्फ़ को बरसात लिखो
जिससे नाराज़ हो उस शख़्स की हर बात लिखो
जिससे मिल के भी न मिलने की कसक बाक़ी है
उसी अनजान शनासा की मुलाक़ात लिखो
जिस्म मस्जिद की तरह, आँखें नमाज़ों जैसी
जब गुनाहों में इबादत थी वो दिन रात लिखो
इस कहानी का तो अंजाम वही है कि जो था
तुम जो चाहो तो मोहब्बत की शुरुआत लिखो
जब भी देखो उसे अपनी ही नज़र से देखो
कोई कुछ भी कहे तुम अपने ख़यालात लिखो

गीत

जंगल बंजारों के मीत
दीवारों के घर क्या जानें मौसम के संगीत
हाथ में ले कर आग नहाये
बीच नदी में रात
मीलों दूर से धरती सुन ले
नील गगन की बात
सूखे फूल
कल मुसकाये
कोई हार न जीत
जंगल बंजारों के मीत
तितली के उड़ते रंगों में
सावन झोला डाले
हवा अकेली रस्ता भूले
जुगनू दीपक बाले
बीज में अंकुर
बन कर फूटें
ख़ामोशी के गीत
जंगल बंजारों के मीत

गीत

फूलों के रंग लाल लाल
चलते में रोकें
हज़ारों में टोकें
मौसम जवाबों का पूछे सवाल
बरखा के हाथों से धोई हवायें
पेड़ों में छुप छुप के ऊधम मचायें
मेहँदी का बूटा
दिखाये अँगूठा
भीगे दोपट्टे में लाखों के माल
फूलों के रंग लाल लाल
आँचल से मुँह ढक के सोये दोपहरी
कमरे में बिजली सी चमके मसहरी
दरिया का पानी
सुनाये कहानी
लहरों में लहरायें भोले ख़याल
फूलों के रंग लाल लाल

☆

तेरे पैरों चला नहीं जो
धूप छाँव में ढला नहीं जो
वो तेरा सच कैसे जिस पर तेरा नाम नहीं?

तुझसे पहले बीत गया जो
वो इतिहास है तेरा
तुझको ही पूरा करना है
जो बनवास है तेरा

तेरी साँसें जिया नहीं जो
घर आँगन का दिया नहीं जो
वो तुलसी की रामायन है तेरा राम नहीं
तेरा तन ही पूजा घर है
कोई मूरत गढ़ ले
कोई पुस्तक साथ न देगी
चाहे जितना पढ़ ले

तेरे सुर में सजा नहीं जो
इक तारे पर बजा नहीं जो
वो मीरा की सम्पत्ती[1] है तेरा श्याम नहीं

1. पूँजी

☆

जब भी किसी निगाह ने मौसम सजाये हैं
तेरे लबों के फूल बहुत याद आये हैं
निकले थे जब सफ़र पे तो महदूद था जहाँ
तेरी तलाश ने कई आलम दिखाये हैं
रिश्तों का ऐतबार, वफ़ाओं का इन्तेज़ार
हम भी चिराग़ ले के हवाओं में आये हैं
रस्तों के नाम वक़्त के चेहरे बदल गये
अब क्या बतायें किसको कहाँ छोड़ आये हैं
ऐ शाम के फ़रिश्तो ज़रा देख के चलो
बच्चों ने साहिलों पे घरोंदे बनाये हैं

☆

दिन सलीक़े से उगा रात ठिकाने से रही
दोस्ती अपनी भी कुछ रोज़ ज़माने से रही
चन्द लम्हों को ही बनती हैं मुसव्विर आँखें
ज़िन्दगी रोज़ तो तस्वीर बनाने से रही
इस अँधेरे में ठोकर ही उजाला देगी
रात जंगल में कोई शमा जलाने से रही
फ़ासला चाँद बना देता है हर पत्थर को
दूर की रौशनी नज़दीक तो आने से रही
शहर में सबको कहाँ मिलती है रोने की जगह
अपनी इज़्ज़त भी यहाँ हँसने हँसाने से रही

फ़ासला

ये फ़ासला
जो तुम्हारे और मेरे दरमियाँ है
हर इक ज़माने की दास्ताँ है
न इब्तेदा है
न इन्तेहा है
मुसाफ़तों का अज़ाब साँसों का दायरा है
न तुम कहीं हो
न मैं कहीं हूँ
तला रंगीन वाहमा है
सफ़र में लम्हों का कारवाँ है
ये फ़ासला!
जो तुम्हारे और मेरे दरमियाँ है
यही तलब है
यही जज़ा है
यही ख़ुदा है

☆

अब के ख़फ़ा हुआ है तो इतना ख़फ़ा भी हो
तू भी हो और तुझमें कोई दूसरा भी हो
यूँ तो हर एक बीज की फ़ितरत दरख़्त है
खिलते हैं जिसमें फूल वो आब-ओ-हवा भी हो
आँखें न छीन मेरी नक़ाबें बदलता चल
यूँ हो कि तू क़रीब भी हो और जुदा भी हो
रिश्तों के रेग ज़ार में हर सर पे धूप है
हर पाँव में सफ़र है मगर रास्ता भी हो
दुनिया के कहने सुनने पर इंसानियत न छोड़
इंसान है तो साथ में कोई ख़ाता भी हो

दीवानगी रहे बाक़ी

तू इस तरह से मेरी ज़िन्दगी में शामिल है
जहाँ भी जाऊँ ये लगता है तेरी महफ़िल है

हर एक रंग तेरे रूप की झलक ले ले
कोई हँसी कोई लहजा कोई महक ले ले

ये आसमान, ये तारे, ये रास्ते ये हवा
हर एक चीज़ है अपनी जगह ठिकाने से
कई दिनों से शिकायत नहीं ज़माने से

मेरी तलाश तेरी दिलकशी रहे बाक़ी
ख़ुदा करे कि ये दीवानगी रहे बाक़ी

☆

दीवार-ओ-दर से उतरकर परछाइयाँ बोलती हैं
कोई नहीं बोलता जब तनहाइयाँ बोलती हैं
परदेस के रास्तों में रुकते कहाँ हैं मुसाफ़िर
हर पेड़ कहता है क़िस्सा ख़ामोशियाँ बोलती हैं
मौसम कहाँ मानता है तहज़ीब की बंदिशों को
जिस्मों से बाहर निकल के अँगड़ाइयाँ बोलती हैं
इक बार तो ज़िन्दगी में मिलती है सबको हुकूमत
कुछ दिन तो हर आईने में, शहज़ादियाँ बोलती हैं
सुनने की मोहलत मिले तो आवाज़ है पत्थरों में
उजड़ी हुई बस्तियों में आबादियाँ बोलती हैं

☆

तेरा सच है तेरे अज़ाबों में
झूठ लिखा है सब किताबों में
एक से मिलके सबसे मिल लीजे
आज हर शख़्स है नक़ाबों में
तेरा मिलना तेरा नहीं मिलना
एक रस्ता कई सराबों में
उनकी नाकामियों को भी गिनिये
जिनकी शोहरत है कामियाबियों में
रौशनी थी सवाल की हद तक
हर नज़र खो गयी जवाबों में

जिस्म की जुस्तजू

सुनो तुम!
ये मेरा तुम्हारा
जो रिश्ता है
इक रास्ता है
मैं तुम से गुज़र कर ही
तुम तक पहुँचने की रफ़्तार हूँ
मेरा आग़ाज़ तुम
मेरा अंजाम तुम
तुम्हें देख कर मैं तुम्हें सोचता हूँ
तुम्हें पा के ही
मैं तुम्हें खोजता हूँ
तुम अपने बदन के समुन्दर में
सदियों से पोशीदा
इक ख़्वाब हो
और मैं!!
ख़ून की तेज़ गर्दिश में बनती हुई आँख हूँ
आँख और ख़्वाब के दरमियाँ
रौशनी तितलियाँ
नींद, बेदारियाँ
जिस्म से जिस्म तक
हर मिलन इक सफ़र

हर सफ़र!
ख़्वाब की आरज़ू
जिस्म की जुस्तजू!

इन्तेक़ाम

मस्जिदों मन्दिरों की दुनिया में
मुझको पहचानते कहाँ हैं लोग
रोज़ मैं चाँद बन के आता हूँ
दिन में सूरज सा जगमगाता हूँ
खनखनाता हूँ माँ के गहनों में
हँसता रहता हूँ छुप के बहनों में
मैं ही!
मज़दूर के पसीने में
मैं ही!
बरसात के महीने में
मेरी तस्वीर आँख का आँसू
मेरी तहरीर
जिस्म का जादू
मस्जिदों मंदिरों की दुनिया में
मुझको पहचानते नहीं जब लोग
मैं!
ज़मीनों को बेज़िया करके
आसमानों में लौट जाता हूँ
मैं ख़ुदा बन के
क़हर ढाता हूँ

☆

हर तरफ़ हर जगह बेशुमार आदमी
फिर भी तनहाइयों का शिकार आदमी
सुबह से शाम तक बोझ ढोता हुआ
अपनी ही लाश का खुद मज़ार आदमी
हर तरफ़ भागते दौड़ते रास्ते
हर तरफ़ आदमी का शिकार आदमी
रोज़ जीता हुआ रोज़ मरता हुआ
हर नये दिन नया इन्तेज़ार आदमी
घर की दहलीज़ से गेहूँ के खेत तक
चलता फिरता कोई कारोबार आदमी
ज़िन्दगी का मुक़द्दर सफ़र दर सफ़र
आख़िरी साँस तक बेक़रार आदमी

☆

नशे, नशे के लिए है अज़ाब में शामिल
किसी की याद को कीजे शराब में शामिल
हर इक तलाश यहाँ फ़ासलों से रौशन है
हक़ीक़तें कहाँ होती हैं ख़्वाब में शामिल
वो तुम नहीं हो तो फिर कौन था वो तुम जैसा
किसी का ज़िक्र तो था हर किताब में शामिल
हमें भी शौक़ है अपनी तरह से जीने का
हमारा नाम भी कीजे एताब में शामिल
अकेले कमरे में गुलदान बोलते कब हैं
तुम्हारे होंठ हैं शायद गुलाब में शामिल
ज़मीन रोज़ कहाँ मोअजज़ा दिखाती है
मेरी निगाह भी होगी नक़ाब में शामिल
उसी का नाम है नग़मा उसी का नाम ग़ज़ल
वो इक सुकून जो है इज़तेराब में शामिल

गुलाब का फूल

लचकती डाल पे खिलता हुआ गुलाब का फूल
लबों के ख़म, झुकी आँखों की बोलती तस्वीर
नयी नयी किसी बच्चे के हाथ की तहरीर

लचकती डाल पे खिलता हुआ गुलाब का फूल
हसीं लिबास में मातम हयाते फ़ानी का
नज़र के सामने अंजाम हर कहानी का

लचकती डाल पे खिलता हुआ गुलाब का फूल
बहन की शोख़ हँसी
माँ के प्यार का दर्पण
छलकती यादों में भीगा हुआ अकेलापन
लचकती डाल पे खिलता हुआ गुलाब का फूल
हर एक ज़ेहन में नक़्शा बदलता रहता है
शबीह एक है पर्दा बदलता रहता है

☆

ज़ेहानतों को कहाँ करब से फ़रार मिला
जिसे निगाह मिली उसको इन्तेज़ार मिला
वो कोई राह का पत्थर हो या हसीं मंज़र
जहाँ भी रास्ता ठहरा वहीं मज़ार मिला
कोई पुकार रहा था खुली फ़िज़ाओं से
नज़र उठाई तो चारों तरफ़ हिसार मिला
हर एक साँस न जाने थी जुस्तजू किसकी
हर इक दयार मुसाफ़िर को बे दयार मिला
ये शहर है कि नुमायश लगी हुई है कोई
जो आदमी भी मिला बन के इश्तेहार मिला

☆

पहले भी जीते थे मगर जबसे मिली है ज़िन्दगी
सीधी नहीं है दूर तक उलझी हुई है ज़िन्दगी
इक आँख से रोती है ये इक आँख से हँसती है ये
जैसी दिखाई दे जिसे उसकी वही है ज़िन्दगी
जो पाये वो खोये इसे, जो खोये वो रोये इसे
यूँ तो सभी के पास है किसकी हुई है ज़िन्दगी
हर रास्ता अनजान सा, हर फ़लसफ़ा नादान सा
सदियों पुरानी है मगर हर दिन नयी है ज़िन्दगी
अच्छी भली थी दूर से जब पास आयी खो गयी
जिसमें न आये कुछ नज़र, वो रौशनी है ज़िन्दगी
मिट्टी हवा ले कर उड़ी घूमी फिरी वापस मुड़ी
क़ब्रों पे कुतबों की तरह लिखी हुई है ज़िन्दगी

पैसे का सफ़र

दिन रात कमाया पैसा
बाँहें, टाँगें, बीनाई
सब खोकर पाया पैसा
पैसे से उगाया पैसा
पैसे ने लड़ाया पैसा
फिर दिन का सवेरा पैसा
रातों का अँधेरा पैसा
फिर मेरा तेरा पैसा
पहले तो कमाया पैसा
फिर ख़ुद को बनाया पैसा
जब पैसा घिस कर टूटा
पैसे ने जलाया पैसा
कुछ काम न आया पैसा
कितना था पराया पैसा

इन्तेज़ार

मुद्दतें बीत गयीं
तुम नहीं आयीं अब तक
रोज़ सूरज के बयाबाँ में
भटकती है हयात
चाँद के ग़ार में
थक हार के सो जाती है रात
फूल कुछ देर महकता है
बिखर जाता है
हर नशा
लहर बनाते हैं उतर जाता है
वक़्त!
बेचेहरा हवाओं सा गुज़र जाता है
किसी आवाज़ के सबज़े में लहक जैसी तुम
किसी ख़ामोश तबस्सुम में चमक जैसी तुम
किसी चेहरे में महकती हुई आँखों जैसी
कहीं आबरू, कहीं गेसू, कहीं बाँहों जैसी
चाँद से
फूल तलक
यूँ तो तुम्हीं तुम हो मगर

तुम कोई चेहरा, कोई जिस्म, कोई नाम नहीं
तुम जहाँ भी हो
अधूरी हो हक़ीक़त की तरह
तुम कोई ख़्वाब नहीं हो
जो मुकम्मल होगी

☆

चाँद से फूल से या मेरी ज़बाँ से सुनिये
हर जगह आपका क़िस्सा है जहाँ से सुनिये
क्या ज़रूरी है कि हर पर्दा उठाया जाये
मेरे हालात भी अपने ही मकाँ से सुनिये
सबको आता नहीं दुनिया को सजा कर जीना
ज़िन्दगी क्या है मोहब्बत की ज़बाँ से सुनिये
कौन पढ़ सकता है पानी पे लिखी तहरीरें
किसने क्या लिखा है ये आबे रवाँ से सुनिये
चाँद में कैसे हुई क़ैद किसी घर की ख़ुशी
ये कहानी किसी मस्जिद की अज़ाँ से सुनिये

समझौता

यही ज़मीं
जो कहीं धूप है
कहीं साया
यही ज़मीन हो तुम भी
यही ज़मीं मैं भी
यही ज़मीन हक़ीक़त है
इस ज़मीं के सिवा
कहीं भी कुछ नहीं बीनाइयों का धोखा है
वो आसमान
जो हर दस्तरस से बाहर है
तुम्हारी आँखों में हो
या मेरी निगाहों में हो
दिखाई देता है
लेकिन कभी नहीं मिलता
यही ज़मीन सफ़र है
यही ज़मीं मंज़िल
न मैं तलाश करूँ
तुम में
जो नहीं हो तुम
न तुम तलाश करो
मुझ में
जो नहीं हूँ मैं

☆

उसके दुश्मन हैं बहुत, आदमी अच्छा होगा
वो भी मेरी ही तरह शहर में तनहा होगा
इतना सच बोल कि होंठों का तबस्सुम न बुझे
रौशनी ख़त्म न कर आगे अँधेरा होगा
प्यास जिस नहर से टकराई वो बंजर निकली
जिसको पीछे कहीं छोड़ आये वो दरिया होगा
एक महफ़िल में कई महफ़िलें होती हैं शरीक
जिसको भी पास से देखोगे अकेला होगा
मेरे बारे में कोई राय तो होगी उसकी
उसने मुझको भी कभी तोड़ के देखा होगा

ख़ुदा का घर नहीं कोई

ख़ुदा का घर नहीं कोई
बहुत पहले हमारे गाँव के अकसर बुज़ुर्गों ने
उसे देखा था
पूजा था
यहीं था वो
यहीं बच्चों की आँखों में
लहकते सब्ज़ पेड़ों में
वो रहता था
हवाओं में महकता था
नदी के साथ बहता था
हमारे पास वो आँखें कहाँ हैं
जो पहाड़ी पर
चमकती
बोलती
आवाज़ को देखें
हमारे कान बहरे हैं
हमारी रूह अन्धी है
हमारे वास्ते
अब फूल खिलते हैं
न कोंपल गुनगुनाती है

न ख़ामोशी अकेले में सुनहरे गीत गाती है
हमारा ओहद!
माँ के पेट से अन्धा है बहरा है
हमारे आगे पीछे
मौत का तारीक पहरा है

☆

ज़िन्दगी इन्तेज़ार जैसी है
दूर तक रहगुज़ार जैसी है
चंद बेचेहरा आहटों के सिवा
सारी बस्ती मज़ार जैसी है
रास्ते चल रहे हैं सदियों से
कोई मंज़िल ग़ुबार जैसी है
कोई तनहाई अब नहीं तनहा
हर ख़ामोशी पुकार जैसी है
ज़िन्दगी रोज़ का हिसाब किताब
क़ीमती शय उधार जैसी है

☆

जो मिला ख़ुद को ढूँढ़ता ही मिला
हर जगह कोई दूसरा ही मिला
ग़म नहीं सोता आदमी की तरह
नींद में भी ये जागता ही मिला
ख़ुद से ही मिल के लौट आये हम
हमको हर सिमूत आईना ही मिला
जबसे गोया हुई है ख़ामोशी
बोलने वाला बे सदा ही मिला
हर थकन का फ़रेब है मंज़िल
चलने वालों को रास्ता ही मिला

तमाशा

रोज़ इक अजनबी
अनजाना हाथ
काँच की सुर्ख़ चमकती हुई गेंद
सब्ज़ ढलवान से लुढ़काता है
फैलती बाँहें
सिमटती साँसें
जागती आँखें
लचकती टाँगें
लड़खड़ाती हुईं
टकराती हुईं
सुबह से शाम तलक
भागते भागते घिस जाती हैं
काँच की सुर्ख़ चमकती हुई गेंद
हाथ कहाँ आती है
रोज़ आती है चली जाती है
रोज़ होता है तमाशा यूँ ही

नयी बीमारी

ये नया रोग है
आज के दौर का
इस नये रोग की कोई पहचान ऐसी नहीं
जिसकी तशख़ीस हो
हर दवा बेअसर
सरनिगूँ चारागर
आज लहलहाते हुए खेत में
गेहूँ के साथ उगती हैं ख़ामोशियाँ
सर्द ख़ामोशियाँ
जो गले से उतरते ही घुन की तरह
चाट लेती हैं
आवाज़ की बिजलियाँ
बन्द होंठों का ये
ख़ुश लिबास आदमी
देखता है
मगर बोल सकता नहीं
सोचता है
मगर चीख़ सकता नहीं

☆

ये कैसी कशमकश है ज़िन्दगी में
किसी को ढूँढ़ते हैं हम किसी में
जो खो जाता है मिल कर ज़िन्दगी में
ग़ज़ल है नाम उसका शायरी में
निकल आते हैं आँसू हँसते हँसते
ये किस ग़म की कसक है हर ख़ुशी में
कहीं चेहरा, कहीं आँखें, कहीं लब
हमेशा एक मिलता है कई में
चमकती है अँधेरों में ख़ामोशी
सितारे टूटते हैं रात ही में
सुलगती रेत में पानी कहाँ था
कोई बादल छुपा था तिशनगी में
बहुत मुश्किल है बंजारा मिज़ाजी
सलीक़ा चाहिए आवारगी में

जंग

सरहदों पर फ़तह का ऐलान हो जाने के बाद
जंग!
बेघर बेसहारा
सर्द ख़ामोशी की आँधी में बिखर के
ज़र्रा ज़र्रा
फैलती है
तेल
घी
आटा
खनकती चूड़ियों का रूप भर के
बस्ती बस्ती डोलती है
दिन दहाड़े
हर गली कूचे में घुस कर
बन्द दरवाज़ों की साँकल खोलती है
मुद्दतों तक
जंग!
घर घर बोलती है
सरहदों पर फ़तह का ऐलान हो जाने के बाद

वालिद की वफ़ात पर

तुम्हारी क़ब्र पर
मैं फ़ातेहा पढ़ने नहीं आया
मुझे मालूम था
तुम मर नहीं सकते
तुम्हारी मौत की सच्ची ख़बर जिसने उड़ाई थी
वो झूठा था
वो तुम कब थे
कोई सूखा हुआ पत्ता हवा से हिल के टूटा था
मेरी आँखें
तुम्हारे मंज़रों में क़ैद हैं अब तक
मैं जो भी देखता हूँ
सोचता हूँ
वो। वही है
जो तुम्हारी नेकनामी और बदनामी की दुनिया थी
कहीं कुछ भी नहीं बदला
तुम्हारे हाथ
मेरी उँगलियों में साँस लेते हैं
मैं लिखने के लिए
जब भी क़लम काग़ज़ उठाता हूँ
तुम्हें बैठा हुआ मैं अपनी ही कुर्सी में पाता हूँ
बदन में मेरे जितना भी लहू है

वो तुम्हारी
लग़ज़िशों नाकामियों के साथ बहता है
मेरी आवाज़ में छुप कर
तुम्हारा ज़ेहन रहता है
मेरी बीमारियों में तुम
मेरी लाचारियों में तुम
तुम्हारी क़ब्र पर जिसने तुम्हारा नाम लिखा है
वो झूठा है
तुम्हारी क़ब्र में मैं दफ़न हूँ
तुम मुझ में ज़िन्दा हो
कभी फ़ुर्सत मिले तो फ़ातेहा पढ़ने चले आना

☆

तनहा तनहा दुख झेलेंगे महफ़िल महफ़िल गायेंगे
जब तक आँसू पास रहेंगे तब तक गीत सुनायेंगे
तुम जो सोचे वो तुम जानो हम तो अपनी कहते हैं
देर न करना घर आने में वरना घर खो जायेंगे
बच्चों के छोटे हाथों को चाँद सितारे छूने दो
चार किताबें पढ़ कर ये भी हम जैसे हो जायेंगे
अच्छी सूरत वाले सारे पत्थर दिल हों मुमकिन है
हम तो उस दिन राय देंगे जिस दिन धोखा खा जायेंगे
किन राहों से सफ़र है आसाँ कौन सा रस्ता मुश्किल है
हम भी जब थक कर बैठेंगे औरों को समझायेंगे

फ़ातेहा

अगर क़ब्रिस्तान में
अलग अलग कुतबे न हों
तो हर क़ब्र में
एक ही ग़म सोया हुआ रहता है
किसी माँ का बेटा
किसी भाई की बहन
किसी आशिक़ की महबूबा
तुम!
किसी क़ब्र पर भी फ़ातेहा पढ़ के चले जाओ

कामयाब आदमी

वो गाली ख़ा के मुस्कुराता है
हर ज़िल्लत को भूल जाता है
हर एक की हाँ में हाँ मिलाता है
उसे कामयाबी का रास्ता मिल गया है
वो बहुत जल्द
दूसरों को सताने के क़ाबिल हो जायेगा

इत्तेफ़ाक़

हम सब
एक इत्तेफ़ाक़ के
मुख़तलिफ़ नाम हैं
मज़हब
मुल्क
ज़बान
इसी इत्तेफ़ाक़ की अनगिनत कड़ियाँ हैं
अगर पैदाइश से पहले
इंतेख़ाब की इजाज़त होती
तो कोई लड़का
अपने बाप के घर में पैदा होना पसन्द नहीं करता

मोहब्बत

वो दोनों
बहुत ग़रीब हैं
उनका कोई घर है न ठिकाना
लेकिन छः रोज़ मुसलसल
अलग अलग मकानों में मेहनत मज़दूरी करने के
बाद
जब वो
इतवार की शाम को
एक दूसरे से मिलने आते हैं
तो सारे शहर को अमीर बना जाते हैं

उम्र का फ़र्क़

बहुत सारी खनकती हुई
किलकारियों को सुन कर
मैं किताब बन्द करके
कमरे से आँगन में आया
लेकिन मुझे देखते ही
मारिया के साथ हँसते खेलते
उसके सारे नन्हे मुन्ने साथी
सहम सहम कर
अपनी अपनी शाख़ों पर वापस जाकर
फिर से फूल बन गये
केतकी
चमेली
गुलाब

रुख़सत होते वक़्त

रुख़सत होते वक़्त
उसने कुछ नहीं कहा
लेकिन एयरपोर्ट पर अटेची खोलते हुए
मैंने देखा
मेरे कपड़ों के नीचे
उसने
अपने दोनों बच्चों की तस्वीर छुपा दी है
ताज्जुब है
छोटी बहन होकर भी
उसने मुझे माँ की तरह दुआ दी है

क़ौमी यकजहती

वो तवायफ़
कई मर्दों को पहचानती है
शायद इसीलिए
दुनिया को ज़्यादा जानती है
उसके कमरे में
हर मज़हब के भगवान की एक एक तस्वीर लटकी है
ये तस्वीरें
लीडरों की तक़रीरों की तरह नुमायशी नहीं
उसका दरवाज़ा
रात गये तक
हिन्दू
मुस्लिम
सिख
इसाई
हर मज़हब के आदमी के लिए खुला रहता है
खुदा जाने
उसके कमरे की सी कुशादगी
मस्जिद और मन्दिर के आँगनों में कब पैदा होगी

तीसरा आदमी

उन दोनों में बहुत दोस्ती थी
उस दोस्ती की बुनियाद
किसी तीसरे शख़्स की दुश्मनी थी
दोनों ने अपनी मिलीजुली कोशिशों से
दुश्मन को रास्ते से हटाया
और फिर
वो दोनों एक दूसरे के दुश्मन हो गये

समाजी शऊर

मेरे यार चोर
हर काम में सलीक़े की ज़रूरत होती है
तुम छोटी मोटी चीज़ें चुराते हो
और जेल चले जाते हो
लीडर
मिनिस्टर
सरकारी अफ़सर
ये सब तुम्हारे ही जैसे इंसान हैं
लेकिन तुम
समाजी शऊर से कोसों दूर हो
इसीलिए चोर मशहूर हो

सच्चाई

वो किसी एक मर्द के साथ
ज़्यादा दिन नहीं रह सकती
ये उसकी कमज़ोरी नहीं
सच्चाई है
लेकिन जितने दिन वो जिसके साथ रहती है
उसके साथ बेवफ़ाई नहीं करती
उसे लोग भले ही कुछ कहें
मगर!!
किसी एक घर में
ज़िन्दगी भर झूठ बोलने से
अलग अलग मकानों में सच्चाई बिखेरना
ज़्यादा बेहतर है

सोने से पहले

हर लड़की के
तकिये के नीचे
तेज़ ब्लेड
गोंद की शीशी
और कुछ तस्वीरें होती हैं
सोने से पहले
वो कई तस्वीरों की तराश ख़राश से
एक तस्वीर बनाती है
किसी की आँखें किसी के चेहरे पर लगाती है
किसी के जिस्म पर किसी का चेहरा सजाती है
और जब इस खेल से ऊब जाती है
तो किसी भी गोश्त पोस्त के आदमी के साथ
लिपट कर सो जाती है

पुराने खेल

हम तुम घंटियाँ बजते ही पिंजरों से
निकल कर बाहर आते हैं
नये नये करतब दिखाते हैं
दुश्मनों की तरह एक दूसरे से टकराते हैं
जब लड़ झगड़ के थक जाते हैं
तो वापस अपने पिंजरों में क़ैद हो जाते हैं
हमें हमारी लड़ाई की वजह मालूम नहीं
मुर्ग़ों की हाथापाई
साँप और मोर की लड़ाई
शेर और बैल की मार कटाई
नये राजे नवाबों के पुराने खेल हैं
हम तो सिर्फ़ लड़ाये जाते हैं
हमारा काम सिर्फ़ तमाशा करना है
दूसरों के लिए जीना है
दूसरों के लिए मरना है

इलाज

जब तुम ज़्यादा उदास हो
तो ऐसे इलाक़े में जाओ
जहाँ
तुमसे भी ज़्यादा परेशान लोग रहते हैं
जो दूसरों पर तरस खाता है
ख़ुद उसका क़द
अपने दुखों से बड़ा हो जाता है

शर्त

तुम फ़ौज में भर्ती होना चाहते हो
ज़रूर हो
लेकिन याद रहे
जंग के दौरान तुम्हारा मुल्क जो कहेगा वो सच होगा
और उस सच के लिए
तुम्हें अपनी जान से खेलना होगा
तुम्हारे दोस्तों
और दुश्मनों की
फ़ेहरिस्त सियासतों की तरह बदलती रहेगी
जंग के ख़त्म होने के बाद
तुम अमर शहीद भी हो सकते हो
और बेवक़ूफ़ भी!!

आईना

तुम ऐसे नहीं जी सकते
जैसे तितली उड़ती है
जैसे फूल खिलता है
जैसे बच्चा मुस्कुराता है
तुम ऐसे नहीं मर सकते
जैसे सूरज में चाँद जगमगाता है
जैसे मौसम में मौसम लहराता है
जैसे बादल दरख़्तों की हरियाली में छुप जाता है
तुम हर रोज़ आईना देखते हो
काले बालों में से सफ़ेद बाल नोच कर फेंकते हो
काले और सफ़ेद बालों के बीच
आईने ने तुम्हारे वक़्त को तक़सीम कर दिया है
सारी साँसों को मौत के ख़ौफ़ से भर दिया है
पहाड़ों से उतरती नदी
झरनों से फूटती हँसी
जंगलों में बोलती ख़ामोशी
अब तुम्हारी नहीं है
तुम्हें पत्थर बैठने के लिए दिया था
तुमने
उस पत्थर से आईना तराश लिया है

दूर का सितारा

मैं बरसों बाद
अपने घर को तलाश करता हुआ
अपने घर पहुँचा
लेकिन मेरे घर में
अब मेरा घर कहीं नहीं था
अब मेरे भाई अजनबी औरतों के शौहर बन चुके थे
मेरे घर में
अब मेरी बहनें
अनजाने मर्दों के साथ मुझसे मिलने आती थीं
अपने अपने दायरों में तक़सीम
मेरे भाई बहन का प्यार
अब सिर्फ़ तोहफ़ों का लेनदेन बन चुका था
मैं जब तक वहाँ रहा
शेव करने के बाद
ब्रश, क्रीम, सेफ़्टी रेज़र
ख़ुद धो कर अटेची में रखता रहा
मैले कपड़े
ख़ुद गिन कर लांड्री में देता रहा
अब मेरे घर में
वो नहीं थे
जो बहुत सों में बँट कर भी

पूरे के पूरे मेरे थे
जिन्हें मेरी हर खोई चीज़ पता याद था
मुझे काफ़ी देर हो गयी थी
देर हो जाने पर हर खोया हुआ घर
आसमान का सितारा बन जाता है
जो दूर से बुलाता है
लेकिन पास नहीं आता है

खोया हुआ सा कुछ

वो सूफ़ी का क़ौल हो या पंडित का ज्ञान
जितनी बीते आप पर इतना ही सच मान

☆

कहीं छत थी दीवार-ओ-दर थे कहीं, मिला मुझको घर का पता देर से
दिया तो बहुत ज़िन्दगी ने मुझे, मगर जो दिया वो दिया देर से

हुआ न कोई काम मामूल से, गुज़ारे शब-ओ-रोज़ कुछ इस तरह
कभी चाँद चमका ग़लत वक़्त पर, कभी घर में सूरज उगा देर से

ये सब इत्तेफ़ाक़ात का खेल है यही है जुदाई यही मेल है
मैं मुड़ मुड़ के देखा क्या दूर तक, बनी वो ख़मोशी, सदा देर से

कहीं रुक गये राह में बेसबब, कहीं वक़्त से पहले घिर आयी शब
हुए बन्द दरवाज़े खुल खुल के सब, जहाँ भी गया मैं गया देर से

सजावन भी रौशन हुई रात भी, भरे जाम लहराई बरसात भी
रहे साथ कुछ ऐसे हालात भी, जो होना था जल्दी हुआ देर से

भटकती रही यूँ ही हर बन्दगी, मिली न कहीं से कोई रौशनी
छुपा था कहीं भीड़ में आदमी, हुआ मुझ में रौशन ख़ुदा देर से

शनाख़्त की दुआ

दुआयें माँगो!
दुआयें माँगो!
शजर हजर में
हर इक समर में
किसी का मसकन रहे हमेशा
वो नाम!
जिसके हुरूफ़ सारे
ज़मीन
आकाश
फूल
तारे
वो नाम रौशन रहे हमेशा
क़दीम क़ब्रों पे सर झुकाये
घनेरे पेड़ों की डालियों पर
शफ़ीक माँओं से फ़ाख़तायें
तिलावतों के दिये जलायें
अँधेरा!
दर्पण बशारतों का
उजाला!
जैसे फ़रिश्ता कोई
सहीफ़ा खोले

वसीअ गहरे समुन्दरों में
ख़ुदा के पैरों का अक्स डोले
दुआयें माँगो
हमारे अन्दर
हमारे माँ बाप की शबीहें
हमारे होंठों से
मुस्कुरायें
हमारी आँखों में जगमगातीं
हमारी तनहाइयाँ
बसायें
दुआयें माँगो

☆

गरज बरस प्यासी धरती, फिर पानी दे मौला
चिड़ियों को दाने, बच्चों को गुड़ धानी दे मौला

दो और दो का जोड़ हमेशा चार कहाँ होता है
सोच समझ वालों को थोड़ी नादानी दे मौला

फिर रौशन कर ज़हर का प्याला, चमका नयी सलीबें!
झूठों की दुनिया में सच को ताबानी दे मौला

फिर मूरत से बाहर आकर चारों ओर बिखर जा
फिर मन्दिर को कोई मेरा दीवानी दे मौला

तेरे होते कोई किसकी जान का दुश्मन क्यों हो
जीने वालों को मरने की आसानी दे मौला

जो इस घड़ी नाम है तुम्हारा

ये ज़िन्दगी
आज जो तुम्हारे
बदन की छोटी बड़ी नसों में
मचल रही है
तुम्हारे पैरों से
चल रही है
तुम्हारी आवाज़ में
गले से निकल रही है
तुम्हारे लफ़्ज़ों में
ढल रही है
ये ज़िन्दगी!
जाने कितनी सदियों से
यूँ ही शक्लें बदल रही है
बदलती शक्लों...........!
बदलते जिस्मों में
चलता फिरता ये इक शरारा
जो इस घड़ी नाम है तुम्हारा
इसी से सारी चहल पहल है
इसी से रौशन है
हर नज़ारा
सितारे तोड़ो

कि घर बसाओ
अलम उठाओ
कि सर झुकाओ
तुम्हारी आँखों की रौशनी तक है
खेल सारा
ये खेल
होगा नहीं दोबारा
ये ज़िन्दगी!

☆

अपनी मर्ज़ी से कहाँ अपने सफ़र के हम हैं
रुख़ हवाओं का जिधर का है उधर के हम हैं

पहले हर चीज़ थी अपनी मगर अब लगता है
अपने ही घर में किसी दूसरे घर के हम हैं

वक़्त के साथ है मिट्टी का सफ़र सदियों से
किसको मालूम कहाँ के हैं किधर के हम हैं

चलते रहते हैं कि चलना है मुसाफ़िर का नसीब
सोचते रहते हैं किस राह गुज़र के हम हैं

हम वहाँ हैं, जहाँ कुछ भी नहीं, रस्ता न देयार
अपने ही खोये हुए शाम-ओ-सेहर के हम हैं

गिन्तियों में ही गिने जाते हैं हर दौर में हम
हर क़लमकार की बेनाम ख़बर के हम हैं

एक लुटी हुई बस्ती की कहानी

बजी घंटियाँ
ऊँचे मीनार गूँजे
सुनहरी सदाओं ने
उजली हवाओं की पेशानियों पर
रहमत के
बरकत के
पैग़ाम लिखे
वज़ू करती सुबहें
खुली कोहनियों तक मुनव्वर हुईं
झिलमिलाये अँधेरे
भजन गाते आँचल ने
पूजा की थाली से बाँटे सवेरे
खुले द्वार
बच्चों ने बस्ता उठाया
बुज़ुर्गों ने पेड़ों को पानी पिलाया
नये हादसों की ख़बर ले के
बस्ती की गलियों में अख़बार आया
ख़ुदा की हिफ़ाज़त की ख़ातिर
पुलिस ने
पुजारी के मन्दिर में
मुल्ला की मस्जिद में

पहरा लगाया
ख़ुदा!
उन मकानों में लेकिन कहाँ था
सुलगते मोहल्लों के दीवार-ओ-दर में
वही चल रहा था
जहाँ तक धुआँ था

☆

दिल में न हो जुरअत तो मोहब्बत नहीं मिलती
ख़ैरात में इतनी बड़ी दौलत नहीं मिलती

कुछ लोग यूँही शहर में हम से भी ख़फ़ा हैं
हर एक से अपनी भी तबीयत नहीं मिलती

देखा है जिसे मैंने कोई और था शायद
वो कौन था? जिससे तेरी सूरत नहीं मिलती

हँसते हुए चेहरों से है बाज़ार की ज़ीनत
रोने की यहाँ वैसे भी फ़ुर्सत नहीं मिलती

निकला करो ये शमअ लिये घर से भी बाहर
कमरे में सजाने को मुसीबत नहीं मिलती

कोई अकेला कहाँ है

शुक्रिया!
एक दरख़्त तेरा
तेरी घनी छाँव
मेरे रस्ते की दिलकशी है
शुक्रिया!
ऐ चमकते सूरज
तेरी शुआओं से
मेरे आँगन में रौशनी है
शुक्रिया!
ऐ चहकती चिड़िया
तेरे सुरों से
मेरी ख़ामोशी में नग़मगी है
पहाड़!
मेरे लिए ही मौसम सजा रहा है
नदी का पानी
हवा से बादल बना रहा है
किसी की सूई से
मेरा कुर्ता तुरप रहा है
गुलाब
मेरे लिए ही धूपों में तप रहा है
कोई अकेला कहाँ है

ज़मीन के ज़र्रे से आसमाँ तक
हर इक वजूद एक कारवाँ है
ज़मीन माँ है
हर एक सर पर
हज़ार रिश्तों का आसमाँ है
बँटी हुई सरहदों में
सब कुछ जुड़ा हुआ है
अकेलापन
आदमी की फुर्सत का फ़लसफ़ा है

छोटी सी हँसी

सूनी सूनी थी फ़िज़ा
मैंने यूँही
उसके बालों में गुँथी ख़ामोशी को छू लिया
वो मुड़ी
थोड़ा हँसी
मैं भी हँसा
फिर हमारे हाथ
नदियाँ, वादियाँ
कोहसार, बादल
फूल, कोंपल
शहर, जंगल
सब के सब हँसने लगे
इक मोहल्ले में
किसी घर के
किसी कोने की
छोटी सी हँसी ने
दूर तक फैली हुई दुनिया को
रौशन कर दिया है
ज़िन्दगी में
ज़िन्दगी का रंग फिर से भर दिया है

☆

देखा हुआ सा कुछ है तो सोचा हुआ सा कुछ
हर वक़्त मेरे साथ है उल्झा हुआ सा कुछ

होता है यूँ भी रास्ता खुलता नहीं कहीं
जंगल सा फैल जाता है खोया हुआ सा कुछ

साहिल की गीली रेत पर बच्चों के खेल सा
हर लम्हा मुझ में बनता बिखरता हुआ सा कुछ

फ़ुर्सत ने आज घर को सजाया कुछ इस तरह
हर शय से मुस्कुराता है रोता हुआ सा कुछ

धुँधली सी एक याद किसी क़ब्र का दिया
और मेरे आस पास चमकता हुआ सा कुछ

उसे समुन्दर बुला रहा है

चमकते बत्तीस मोतियों वाली मुस्कुराहट
खुला हुआ बादबान जैसे
धुला हुआ आसमान जैसे
सहर की पहली आज़ान जैसे
पता नहीं!
नाम क्या है उसका
ख़बर नहीं
काम क्या है उसका
वो ठीक छः बज के बीस की एक जगमगाहट
उतर के होंठों से
यूँ मेरे साथ चल रही है
न छाँव कुछ कम है रास्ते में
न धूप ज़्यादा निकल रही है
मैं जिस तरह सोचता था
बस्ती उस तरह से बदल रही है
ये इक सितारा
जो मेरी आँखों में
देर से झिलमिला रहा है
उसे समुन्दर बुला रहा है

☆

कहीं कहीं से हर चेहरा तुम जैसा लगता है
तुमको भूल न पायेंगे हम ऐसा लगता है

ऐसा भी इक रंग है जो करता है बातें भी
जो भी उसको पहन ले वो अपना सा लगता है

तुम क्या बिछड़े भूल गये रिश्तों की शराफ़त हम
जो भी मिलता है कुछ दिन ही अच्छा लगता है

अब भी यूँ मिलते हैं हम से फूल चमेली के
जैसे उनसे अपना कोई रिश्ता लगता है

और तो सब कुछ ठीक है, लेकिन कभी कभी यूँही
चलता फिरता शहर अचानक तनहा लगता है

हम्द

नील गगन में बैठे
कब तक चाँद सितारों से झाँकोगे
पर्वत की ऊँची चोटी से
कब तक दुनिया को देखोगे
आदर्शों के बन्द सहीफ़ों में
कब तक आराम करोगे
मेरा छप्पर टपक रहा है
बन कर सूरज उसे सुखाओ
ख़ाली है आटे का कनस्तर
बन कर गेहूँ इस में आओ
टूट गया है माँ का चश्मा
शीशा बन कर इसे बनाओ
चुप चुप हैं आँगन में बच्चे
बन कर गेंद इन्हें बहलाओ
शाम हुई है
चाँद उगाओ
पेड़ बुलाओ
हवा चलाओ

काम बहुत हैं
हाथ बँटाओ अल्लाह मियाँ
मेरे घर[1] में
आ ही जाओ अल्लाह मियाँ

1. यूपी के एक लोकल गीत का मिसरा

☆

उठ के कपड़े बदल घर से बाहर निकल जो हुआ सो हुआ
रात के बाद दिन आज के बाद कल जो हुआ सो हुआ

जब तलक साँस है, भूख है प्यास है, ये ही इतिहास है
रख के काँधे पे हल खेत की ओर चल जो हुआ सो हुआ

ख़ून से तर-ब-तर, करके हर रहगुज़र, थक चुके जानवर
लकड़ियों की तरह फिर से चूल्हे में जल जो हुआ सो हुआ

जो मरा क्यों मरा, जो लुटा क्यों लुटा, जो जला क्यों जला
मुद्दतों से हैं गुम, इन सवालों के हल जो हुआ सो हुआ

मन्दिरों में भजन, मस्जिदों में अज़ाँ, आदमी है कहाँ
आदमी के लिए एक ताज़ा ग़ज़ल जो हुआ सो हुआ

सपना ज़िन्दा है

धरती और आकाश का रिश्ता जुड़ा हुआ है
इसीलिए
चिड़िया उड़ती है
इसीलिए
नदिया बहती है
इसीलिए है
चाय की प्याली में कड़वाहट
इसीलिए तो
चेहरा बनती है हर आहट
धरती और आकाश का रिश्ता जुड़ा हुआ है
इसीलिए तो
कहीं कहीं से कुछ अच्छा है
कुछ खोटा है
कुछ सच्चा है
सामने वाली खिड़की
जूड़ा बाँध रही है
धीमे धीमे
उछल रही है
गेंद रबड़ की
उसके पीछे पीछे
बच्चा भाग रहा है

रात और दिन के बीच
कहीं सपना ज़िन्दा है
मरी नहीं है
अब तक
ये दुनिया ज़िन्दा है
धरती और आकाश का रिश्ता जुड़ा हुआ है

इंसान

इंसान है हैवान यहाँ भी है वहाँ भी
अल्लाह निगहेबान यहाँ भी है वहाँ भी

ख़ूँख़्वार दरिन्दों के फ़क़त नाम अलग हैं
हर शहर बयाबान यहाँ भी है वहाँ भी

हिन्दू भी सुकूँ से है मुसलमाँ भी सुकूँ से
इंसान परेशान यहाँ भी है वहाँ भी

रहमान की रहमत हो कि भगवान की मूरत
हर खेल का मैदान यहाँ भी है वहाँ भी

उठता है दिल-ओ-जाँ से धुआँ दोनों तरफ़ ही
ये मीर का दीवान यहाँ भी है वहाँ भी

☆

बेसन की सोंधी रोटी पर खट्टी चटनी जैसी माँ
याद आती है! चौका बासन चिमटा फुकनी जैसी माँ

बाँस की खुर्री, खाट के ऊपर, हर आहट पर कान धरे
आधी सोई, आधी जागी, थकी दोपहरी जैसी माँ

चिड़ियों की चहकार में गूँजे राधा मोहन, अली अली
मुर्ग़े की आवाज़ से बजती घर की कुंडी जैसी माँ

बीवी, बेटी, बहन, पड़ोसन थोड़ी थोड़ी सी सब में
दिन भर इक रस्सी के ऊपर चलती नटनी जैसी माँ

बाँट के अपना चेहरा, माथा, आँखें जाने कहाँ गयी
फटे पुराने इक एलबम में चंचल लड़की जैसी माँ

कहीं कुछ खो गया है

कहीं कुछ!
खो गया है
पता लगता नहीं क्या है
मगर उसके न होने से
फ़लक पर!
चाँद मध्म है
ज़मीं पर!
रौशनी कम है
यह ही हर रूह का ग़म है
कहाँ से हम चले थे
कितने सूरज चाँद
राहों में ढले थे
याद अब कुछ भी नहीं है
हमारा हाफ़ेज़ा
बे वाक़ेआ लम्हों का सेहरा है
अलिफ़ से ये तलक
जितने भी मुमकिन लफ़्ज़ बन पायें
उन्हीं लफ़्ज़ों में
अपनी अपनी
गहरी नींद से पहले
उसे!

लिखें
उसे!
सोचें
उसे!
ढूँढ़ें
जो हमने खो दिया है
जो हमसे खो गया है

☆

कभी कभी यूँ भी हमने अपने जी को बहलाया है
जिन बातों को ख़ुद नहीं समझे औरों को समझाया है

हम से पूछो इज़्ज़त वालों की इज़्ज़त का हाल कभी
हमने भी इक शहर में रह कर थोड़ा नाम कमाया है

उसको भूले बरसों गुज़रे, लेकिन आज न जाने क्यों
आँगन में हँसते बच्चों को बे कारण धमकाया है

उस बस्ती से छुट कर यूँ तो हर चेहरे को याद किया
जिससे थोड़ी सी अनबन थी वो अकसर याद आया

कोई मिला तो हाथ मिलाया, कहीं गये तो बातें कीं
घर से बाहर जब भी निकले दिन भर बोझ उठाया है

नये साल की पहली नज़्म

वो जो............!
फटे पुराने जूते गाँठ रहा है
वो भी!
मैं हूँ
वो जो..........
घर घर धूप की चाँदी बाँट रहा है
वो भी
मैं हूँ!
वो जो.......
उड़ते परों से अंबर पाट रहा है
वो भी
मैं हूँ
वो जो..........
हरी भरी शाख़ों को काट रहा है
वो भी
मैं हूँ
सूरज चाँद निगाहें मेरी
साल महीने राहें मेरी
कल भी मुझ में
आज भी मुझ में
चारों ओर दिशायें मेरी

अपने अपने आकारों में
जो भी चाहे भर ले मुझको
जिसमें जितना
समा सकूँ मैं
उतना अपना कर ले मुझको
हर चेहरा है मेरा चेहरा
बेचेहरा एक दर्पण हूँ मैं
पल पल रूप बदलने वाली
मिट्टी हूँ मैं
जीवन हूँ मैं

☆

सफ़र को जब भी किसी दास्तान में रखना
क़दम यक़ीन में मंज़िल गुमान में रखना

जो साथ है वही घर का नसीब है लेकिन
जो खो गया है उसे भी मकान में रखना

जो देखती हैं निगाहें वही नहीं सब कुछ
ये एहतियात भी अपने बयान में रखना

वो एक ख़्वाब जो चेहरा कभी नहीं बनता
बना के चाँद इसे आसमान में रखना

चमकते चाँद सितारों का क्या भरोसा है
ज़मीन की धूल भी अपनी उड़ान में रखना

☆

मिल जुल के बैठने की रिवायत नहीं रही
रावी के पास कोई हिकायत नहीं है

हर ज़िन्दगी है हाथ में कशकोल की तरह
महरूमियों के पास बग़ावत नहीं रही

मिसमार हो रही हैं दिलों की इमारतें
अल्लाह के घरों की हिफ़ाज़त नहीं रही

मुल्क-ए-ख़ुदा में सारी ज़मीनें हैं एक सी
इस दौर के नसीब में हिजरत नहीं रही

सब अपनी अपनी मौत से मरते हैं इन दिनों
अब दश्त-ए-करबला में शहादत नहीं रही

नयी तलाश

शायरी वहाँ है
जहाँ शायरी नहीं होती
रौशनी वहाँ है
जहाँ रौशनी नहीं होती
आदमी वहाँ है
जहाँ आदमी नहीं होता
शायरी की लफ़्ज़ों में
रौशनी की शमओं में
आदमी के चेहरों में
जुस्तजू है बेमअनी
अब जहाँ भी जो शय है
वो वहाँ नहीं होती
आग को समुन्दर में
आईना को पत्थर में
जंग को कबूतर में
ढूँढ़ने का जोखिम ही
आज का मुक़द्दर है
जानता नहीं कोई
किसका
किस जगह घर है

छोटा आदमी

तुम्हारे लिए
सब दुआ गो हैं
तुम जो न होगे
तो कुछ भी न होगा
इसी तरह मरमर के जीते रहो तुम
तुम्हें हर जगह हो
तुम्हें मसला हो
तुम्हें हौसला हो
मुसव्विर के रंगों में
तस्वीर भी तुम
मुसन्निफ़ के लफ़्ज़ों में
तहरीर भी तुम
मुक़र्रर के नारों में
तक़रीर भी तुम
तुम्हारे लिए ही
ख़ुदा बाप ने
अपने इकलौते बेटे को क़ुरबाँ किया है
सभी आसमानी किताबों ने तुम पर
तुम्हारे अज़ाबों को
आसाँ किया है
ख़ुदा की बनाई हुई इस ज़मीं पर

जो सच पूछो
तुमसे मोहब्बत है सबको
तुम्हारे दुखों का
मदावा न होगा
तुम्हारे दुखों की
ज़रूरत है सबको

☆

मुँह की बात सुने हर कोई दिल के दर्द को जाने कौन
आवाज़ों के बाज़ारों में ख़ामोशी पहचाने कौन

सदियों सदियों वही तमाशा, रस्ता रस्ता लम्बी खोज
लेकिन जब हम मिल जाते हैं खो जाता है जाने कौन

वो मेरी परछाईं है या मैं उसका आईना हूँ
मेरे ही घर में रहता है, मुझ जैसा ही जाने कौन

जाने क्या क्या बोल रहा था, सरहद, प्यार, किताबें, ख़ून
कल मेरी नींदों में छुप कर जाग रहा था जाने कौन

किरण किरण अलसाता सूरज, पलक पलक खिलती नींदें
धीमे धीमे बिखर रहा है ज़र्रा ज़र्रा जाने कौन

हमेशा यूँही होता है

हमेशा यूँही होता है
घनी ख़ामोशियों के चुप अँधेरों में
कोई मिसरा
कोई पैकर
अचानक बेइरादा
उड़ते जुगनू सा चमकता है
उसी की झिलमिलाहट में
कभी धुँधला
कभी रौशन
बिना लफ़्ज़ों की पूरी नज़्म का चेहरा झलकता है
वो मिसरा या कोई पैकर
छुपा रहता है जो अकसर
गुज़रते रास्तों में
गीत गाते ख़ाली प्यालों में
गली कूचों में बिखरे
चाये ख़ानों के सवालों में
सुलगती बस्तियों, जलते मकानों के उजालों में
कभी बेमअनी बहसों में
कभी छोटे रिसालों में
चिराग़ों में
नमक में

तेल में

आटे में

दालों में

वो जब भी तीरगी में

रौशनी बन कर निकलता है

खुला काग़ज़

नयी तख़लीक़ के साँचे में ढलता है

यूँही मंज़र बदलता है

हमेशा यूँही होता है

☆

बे नाम साये दर्द ठहर क्यों नहीं जाता
जो बीत गया है वो गुज़र क्यों नहीं जाता

सब कुछ तो है, क्या ढूँढ़ती रहती हैं निगाहें
क्या बात है मैं वक़्त पे घर क्यों नहीं जाता

वो एक ही चेहरा तो नहीं सारे जहाँ में
जो दूर है वो दिल से उतर क्यों नहीं जाता

मैं अपन ही उलझी हुई राहों का तमाशा
जाते हैं जिधर सब मैं इधर क्यों नहीं जाता

वो ख़्वाब जो बरसों से न चेहरा न बदन है
वो ख़्वाब हवाओं में बिखर क्यों नहीं जाता

फ़्रीज़ शॉट

वक़्त ने मेरे बालों में चाँदी भर दी
इधर उधर
जाने की आदत कम कर दी

आईना जो कहता है
सच कहता है
एक सा चेहरा मोहरा किसका रहता है

कभी अँधेरा कभी सवेरा है जीवन
आज और कल के बीच का फेरा है जीवन

इसी बदलते वक़्त के सेहरा में लेकिन
कहीं किसी घर में
इक लड़की ऐसी है
बरसों पहले जैसी थी वो
अब भी बिल्कुल वैसी है

मेरा घर

जिस घर में
अब मैं रहता हूँ
वो मेरा है

उसके कमरों की ज़ेबाइश
उसके आँगन की आराइश
अब मेरी है

मुझसे पहले
मुझसे पहले से भी पहले
ये घर
किस किस का?
अपना था
किन किन?
आँखों का सपना था
कब कब!
उसका क्या नक़्शा था
ये सब तो
कल का क़िस्सा है
उसका आज
मेरा हिस्सा है

आज के कल बन जाने तक ही
मेरा भी
उससे रिश्ता है
अब इस घर में
मैं रहता हूँ

☆

धूप में निकलो, घटाओं में नहाकर देखो
ज़िन्दगी क्या है किताबों को हटाकर देखो

सिर्फ़ आँखों से ही दुनिया नहीं देखी जाती
दिल की धड़कन को भी बीनाई बनाकर देखो

पत्थरों में भी ज़ुबाँ होती है दिल होते हैं
अपने घर के दर-ओ-दीवार सजाकर देखो

वो सितारा है चमकने दो यूँही आँखों में
क्या ज़रूरी है उसे जिस्म बनाकर देखो

फ़ासला नज़रों का धोखा भी तो हो सकता है
वो मिले या न मिले हाथ बढ़ाकर देखो

फ़र्द की मौत

चिड़ियों की गिनती होती है
उनके नाम नहीं होते
सारी चिड़ियाँ एक सी होती हैं

भेड़ बकरियों की गिनती होती है
उनके नाम नहीं होते
सारी भेड़ बकरियाँ एक सी होती हैं

मुसलमानों की भी गिनती होती है
उनके नाम नहीं होते
सारे मुसलमान एक से होते हैं

नया देवता

वो जब तक जिया
दूसरों को बेवकूफ़ बनाता रहा
रिश्वत
बेमानी
झूठ
हर तरीक़े से दौलत कमाता रहा
और अपने जीते जी
अपने बच्चों को पढ़ा लिखा के
उन्हें बाइज़्ज़त शहरी बना के
सुकून के साथ मर गया
क्या ज़रूरी है
हम हर बार उसी को देवता बनाकर पूजें
जिसमें कोई इंसानी बुराई न हो

☆

नयी नयी पोशाक बदल कर मौसम आते जाते हैं
फूल कहाँ जाते हैं! जब भी जाते हैं लौट आते हैं

शायद कुछ दिन और लगेंगे ज़ख़्म-ए-दिल के भरने में
जो अकसर याद आते थे अब कभी कभी याद आते हैं

चलती फिरती धूप छाँव से रिश्ता बाद में बनता है
पहले पहले सभी ख़यालों से तस्वीर बनाते हैं

आँखों देखी कहने वाले पहले भी कम कम ही थे
अब तो सब ही लिखी लिखाई बातों को दोहराते हैं

इस धरती पे आकर सबका अपना कुछ खो जाता है
कुछ रोते हैं कुछ इस ग़म से अपनी ग़ज़ल सजाते हैं

जो एक दर्द है

लिखो!
कि चील के पंजे में
साँप का सर है
लिखो!
कि साँप का फन
छिपकली के ऊपर है
लिखो!
कि मुँह में इसी छिपकली के झींगर है
लिखो!
कि च्योंटा झींगर की दस्तरस में है
लिखो!
कि जो भी यहाँ है
किस क़फ़स में है
लिखो!
कि कोई बुरा है
न कोई अच्छा है
लिखो!
कि रंग है जो भी नज़र में कच्चा है
जो एक दर्द है
साँसों में वो ही सच्चा है
ये एक दर्द ही

दरमान भी है

ख़्वाब भी है

लिखो!

कि ये ही

हक़ीक़त भी है

सराब भी है

लिखो

कि ये ही

अँधेरों का माहताब भी है

☆

जाने वालों से राबता रखना
दोस्तो! रस्म-ए-फ़ातेहा रखना

घर की तामीरं चाहे जैसी हो
इसमें रोने की कुछ जगह रखना

मस्जिदें हैं नमाज़ियों के लिये
अपने घर में कहीं ख़ुदा रखना

जिस्म में फैलने लगा है शहर
अपनी तनहाइयाँ बचा रखना

मिलना जुलना जहाँ ज़रूरी है
मिलने जुलने का हौसला रखना

उम्र करने को है पचास को पार
कौन है किस जगह पता रखना

फ़र्क़ अगर है तो इतना है

दीवारें
दीवारों जैसी
दरवाज़े दरवाज़ों जैसे
आँगन
कमरे
खिड़की चौखट
सब वैसा ही
काग़ज़ पर नक़्शे जैसा ही
फ़र्क़ अगर है
तो इतना ही
धरती पर जो घर बनता है
पत्थर मिट्टी से बनता है

एक क़ौमी रहनुमा के नाम

मुझे मालूम है
तुम्हारे नाम से मसनूब हैं
टूटे हुए सूरज
शिकस्ता चाँद
काला आसमाँ
करफ़्यूज़दा राहें
सुलगते खेल के मैदान
रोती, चीख़ती माँएँ
मुझे मालूम है
चारों तरफ़
जो ये तबाही है
हुकूमत में
सियासत के तमाशे की गवाही से
तुम्हें!
हिन्दू की चाहत है
न मुस्लिम से अदावत है
तुम्हारा धर्म!
सदियों से तिजारत था
तिजारत है
मुझे मालूम है लेकिन
तुम्हें!

मुजरिम कहूँ कैसे
अदालत में
तुम्हारे जुर्म को साबित करूँ कैसे
तुम्हारी जेब में ख़ंजर
न हाथों में
कोई बम था
तुम्हारे रथ पे तो
मर्यादा पुरुषों का परचम था

जुर्माना

दरवाज़े पर
हर दस्तक का
जाना पहचाना चेहरा है
रोज़ बदलती हैं तारीख़ें
वक़्त मगर यूँही ठहरा है
हर दस्तक है
उसकी दस्तक
दिल यूँही धोखा खाता है
जब भी दरवाज़ा खुलता है
कोई और
नज़र आता है
जाने वो कब तक आयेगा
जिसको बरसों से आना है
या बस यूँ ही रस्ता तकना
हर जीवन का जुर्माना है

☆

वही हमेशा का आलम है क्या किया जाये
जहाँ से देखिये कुछ कम है क्या किया जाये

गुज़रते वक़्त ने धुँधला दिये सभी चेहरे
ख़ुशी ख़ुशी है, न ग़म ग़म है क्या किया जाये

भटक रहा हूँ लिए तिशनगी समुन्दर की
मगर नसीब में शबनम है क्या किया जाये

मिली है ज़ख़्मों की सौग़ात जिसकी महफ़िल से
उसी के हाथ में मरहम है क्या किया जाये

वो एक शख़्स जो कल तक था दूसरों से ख़फ़ा
अब अपने आपसे बरहम है क्या किया जाये

आख़िरी सच

वही है ज़िन्दा.......!
गरजते बादल
सुलगते सूरज
छलकती नदियों
के साथ है जो
ख़ुद अपने क़दमों की धूप है जो
ख़ुद अपनी आँखों की
रात है जो
वही है ज़िन्दा
बुज़ुर्ग सच्चाइयों की राहों में
तजुर्बों का अज़ाब है जो
सुकूँ नहीं
इज़्तेराब है जो
वही है ज़िन्दा
जो चल रहा है
वही है ज़िन्दा जो गिर रहा है
सँभल रहा है

जो लम्हा लम्हा बदल रहा है
दुआ करो
आसमाँ से उस पर

कोई सहीफ़ा उतर न आये
खुली फ़िज़ाओं में
आख़िरी सच का ज़हर
फिर से बिखर न जाये
जो आप
अपनी तलाश में है
वो देवता बन के
मर न जाये

रौशनी के फ़रिश्ते

हुआ सवेरा
ज़मीर पर फिर अदब से आकाश
अपने सर को झुका रहा है
खुली फ़िज़ा में नया उजाला
तमाम बस्ती सजा रहा है
कि बच्चा स्कूल जा रहा है
नदी में स्नान करके सूरज
सुनहरी मलमल की पगड़ी बाँधे
सड़क किनारे
खड़ा हुआ मुस्कुरा रहा है
कि बच्चा स्कूल जा रहा है

हवायें!
सरसब्ज़ डालियों में
दुआओं के गीत गा रही हैं
महकते फूलों की लोरियाँ
सोते रास्तों को जगा रही हैं
घनेरा पीपल!
गली के कोने से हाथ अपने हिला रहा है
कि बच्चा स्कूल जा रहा है
फ़रिश्ता निकला है रौशनी का

हर एक रस्ता
चमक रहा है
ये वक़्त वो है
ज़मीं का हर ज़र्रा
माँ के दिल सा धड़क रहा है
पुरानी इक छत पे वक़्त बैठा
कबूतरों को उड़ा रहा है
कि बच्चा स्कूल जा रहा है
कि बच्चा स्कूल जा रहा है

हादसा

कोई किसी से दूर है कोई किसी के साथ
लेकिन कोई कमी सी है हर ज़िन्दगी के साथ

तुम ही नहीं जो चाँद को चेहरा न दे सके
ये हादसा तो होता है अकसर सभी के साथ

हम रुत्बा

जब मैं छोटा था
मैं दुनिया से बड़ा था
दुनिया मुझसे छोटी थी

कभी वो गुड़िया
कभी वो चिड़िया
कभी वो तितली थी

जब मैं बड़ा हुआ
मैं दुनिया से छोटा
दुनिया मुझसे ऊँची थी

कभी वो पर्वत
कभी वो अम्बर
कभी वो सपना थी

जब मैं नहीं रहा
मैं दुनिया से बड़ा
न दुनिया मुझसे छोटी है
मैं हूँ दुनिया जैसा
दुनिया मेरे जैसी है

ग़लत निशाना

तुम्हारी आँखों में
आज किसके लहू की लाली चमक रही है
ये आग कैसी दहक रही है
पता नहीं!
तुमने मेरे धोखे में
किस पे ख़ंजर चला दिया है
वो कौन था
किसके रास्ते का
चिराग़ तुमने बुझा दिया है
ये ख़ून मेरा नहीं है
लेकिन तुम्हें भी शायद ख़बर नहीं थी
जहाँ निशाना लगाये बैठे थे
वो मेरी रहगुज़र नहीं थी
मैं कल भी ज़िन्दा था
आज भी हूँ
मैं कोई चेहरा........!
कोई इमारत.......!
कोई इलाक़ा नहीं हूँ
सूरज की रौशनी हूँ
मैं ज़िन्दगी हूँ
तुम्हारे हथियार

बेनज़र हैं
तवील सदियों का फ़ासला
वक़्त बन चुका है
तलाश तुमको है जिसकी
वो अब.........!
तुम्हारे अन्दर समा चुका है
तुम्हारी मेरी ये दुश्मनी भी
है इक मुअम्मा
ख़ुद अपने घर को
न आग जब तक लगाओगे तुम
मुझे!
नहीं मार पाओगे तुम

नाजायज़ औलाद

भूख का कोई जुग़राफ़िया नहीं होता
घास का कोई इलाक़ा नहीं होता
पानी का कोई मज़हब नहीं होता

जहाँ अनाज है
वहाँ भूख है
जहाँ मिट्टी है
वहाँ घास है
जहाँ पानी है
वहाँ प्यास है
आसमान और ज़मीन के
जायज़ रिश्ते की
ये नाजायज़ औलाद
किसी सरहद को नहीं मानती
किसी क़ानून को नहीं पहचानती
शहर, जंगल, पर्वत, वादी
की तक़सीम से ये अनजान है
इसका घर
सारा जहान है

मुझे याद है

मुझे याद है
मेरी बस्ती के सब पेड़
पर्वत
हवायें
परिन्दे
मेरे साथ रोते थे हँसते थे
मेरे ही ग़म में
दरिया!
किनारों पर सर को पटकते थे
मेरी ही ख़ुशियों में
फूलों पे
शबनम के मोती चमकते थे
यहीं!
सात तारों के झुरमुट में
ला शक्ल सी
जो खुनक रौशनी थी
वही!
जुगनुओं की
चिराग़ों की
बिल्ली की आँखों की
ताबिन्दगी थी

नदी!
मेरे अन्दर से होके गुज़रती थी
आकाश
आँखों का धोखा नहीं था
ये बात उन दिनों की है
जब इस ज़मीं को
इबादत घरों की ज़रूरत नहीं थी
मुझी में ख़ुदा था

सूरत से मूरत तक

जिन चेहरों से रौशन हैं
इतिहास के दर्पण
चलती फिरती धरती पर
वो कैसे होंगे
सूरत का मूरत बन जाना
बरसों बाद का है अफ़साना
पहले तो हम जैसे होंगे
मिट्टी में दीवारें होंगी
लोहे में तलवारें होंगी
आग, हवा, पानी, मिट्टी में
जीती होंगी हारी होंगी
हर जंगल की रीत यही है
अपनी अपनी भेड़ें चुन कर
जो भी चरवाहा होता है
उसके सर पर नील गगन की
रहमत का साया होता

आकाश

हमें जिस ज़मीं पर उतारा गया
कहीं पर्वतों की है ऊँचाई उसमें
कहीं वादियों सी है गहराई उसमें
यहाँ से जो
आकाश का फ़ासला है
कहीं से है छोटा
कहीं से बड़ा है
किसी के क़दम दो क़दम
पर सितारे
किसी को सदा यूँ ही चलना पड़ा है
उन्हें दूर-ओ-नज़दीक के फ़ासलों में
कोई पाके आकाश को
खो रहा है
कोई खो के आकाश को
रो रहा है

समझदार लोगों से कह दो

समझदार लोगों से कह दो
हमारे दुखों का मुदावाना ढूँढ़ें
नयी हामलाओं के जिस्मों का
सब कार्बन मर चुका है
वो अब
अपने ही शौहरों को दोबारा
न पैदा करेंगी
बशारत
बशारत से आरी निगाहों पे रौशन न होगी
शिवालों के आसन हैं ख़ाली
सभी देवता
अपने अपने मुकुट सौंप के पत्थरों को
घने जंगलों में समाधि लगाने गये हैं
दीये आरती के बुझा दो
मुक़द्दस अज़ानें
हिलाली मीनारों से आज़ाद होकर
नयी क़िरअतों के तआक़ुब में खोई हुई हैं
ख़ुदा के अकेले मकानों में ताले लगा दो
समझदार लोगों से कह दो
मुँडेरों पर बैठी हुई फ़ाख़ताओं की आँखों में
अब कोई मंज़र नहीं है

ये अब आसमानों में
उड़ने के क़ाबिल नहीं हैं
इन्हें अपने-अपने अजायबघरों से सजा दो
समझदार लोगों से कह दो
हमें अब तुम्हारी समझदारियों की ज़रूरत नहीं है

दोहे

केड़ी के पग न्योरबाजे
कबीरदास

☆

चिड़िया ने उड़ कर कहा, मेरा है आकाश
बोला शिकरा डाल से, यूँ ही होता काश

☆

ले के तन के नाप को, घूमे बस्ती गाँव
हर चादर के घेर से बाहर निकले पाँव

☆

दुख की नगरी कौन सी, आँसू की क्या ज़ात
सारे तारे दूर के सब के छोटे हात

☆

चाकू काटे बाँस को, हँसी खोले भेद
इतने ही सुर जानिये, जितने इसमें छेद

☆

किससे पूछे रास्ता, गल्ला बिछड़ी भेड़
अपनी छाया ओढ़ के, सो गये सारे पेड़

☆

सौदा लेने हाट में, कैसे जाये नार
चाकू ले के हाथ में, बैठा है बाज़ार

☆

सा से सा तक सात सुर, सात सुरों में राग
इतना ही संगीत है, जितनी तुझमें आग

☆

सबकी पूजा एक सी, अलग अलग हर रीत
मस्जिद जाये मौलवी, कोयल गाए गीत

☆

अच्छी संगत बैठ कर, संगी बदले रूप
जैसे मिल कर आम से मीठी हो गयी धूप

☆

सीधा सादा डाकिया, जादू करे महान
एक ही थैले में भरे, आँसू और मुस्कान

☆

सुना है अपने गाँव में, रहा न अब वो नीम
जिसके आगे माँद थे, सारे वैद हकीम

☆

सातों दिन भगवान के, क्या मंगल क्या पीर
जिस दिन सोये देर तक भूखा रहे फ़क़ीर

☆

दुख तो मुझको भी हुआ, मिला न तेरा सात
शायद तुझमें भी न हो, तेरे जैसी बात

☆

चीख़े घर के द्वार की लकड़ी हर बरसात
कट कर भी मरते नहीं, पेड़ों में दिन रात

☆

वो सूफ़ी का क़ौल हो या पंडित का ज्ञान
जितनी बीते आप पर, इतना ही सच मान

☆

बरखा सबको दान दे, जिसकी जितनी प्यास
मोती सी ये सीप में, मिट्टी में ये घास

☆

मैं क्या जानूँ तू बता, तू है मेरा कौन
मेरे मन की बात को, बोले तेरा मौन

☆

सीता, रावण राम का, करें विभाजन लोग
एक ही तन में देखिये तीनों का संजोग

☆

बच्चा बोला देखकर मस्जिद आलीशान
अल्लाह तेरे एक को, इतना बड़ा मकान

☆

जादू टोना रोज़ का, बच्चों का ब्योहार
छोटी सी इक गेंद में भर दें सब संसार

☆

चाहे गीता बाँचिए या पढ़िये क़ुरआन
मेरा तेरा प्यार ही, हर पुस्तक का ज्ञान

☆

अन्दर मूरत पर चढ़े, घी, पूरी, लोबान
मन्दिर के बाहर खड़ा, ईश्वर माँगे दान

☆

पंछी बालक, फूल जल, अलग अलग आकार
माटी का घर एक ही, सारे रिश्तेदार

☆

सपना झरना नींद का, जागी आँखें प्यास
पाना, खोना, खोजना, साँसों का इतिहास

☆

घर को खोजें रात दिन, घर से निकले पाँव
वो रस्ता ही खो गया, जिस रस्ते था गाँव

☆

बूढ़ा पीपल घाट का, बतियाये दिन रात
जो भी गुज़रे पास से, सर पर रख दे हात

☆

जीवन के सुर ताल का, कैसे लगे हिसाब
दीमक के घर बैठ कर, लेखक लिखे किताब

☆

मैं रोया परदेस में भीगा माँ का प्यार
दुख ने दुख से बात की बिन चिट्ठी बिन तार

☆

बहनें चिड़िया धूप की, दूर गगन से आयें
हर आँगन मेहमान सी पकड़ो तो उड़ जायें

☆

आँगन आँगन बेटियाँ, छाँटी बाँटी जायें
जैसे बालें गेहूँ की, पके तो काटी जायें

☆

उस जैसा तो दूसरा मिलना था दुश्वार
लेकिन उसकी खोज में, फैल गया संसार

☆

दूर समुन्दर पार से कोई करे ब्योपार
पहले भेजे सरहदें, फिर बेचे हथियार

☆

माटी से माटी मिले, खो के सभी निशान
किसमें कितना कौन है, कैसे हो पहचान

☆

फूटी किरन अज़ान की, जागे पंछी ढोर
चिड़ियों की चहकार में, करे तिलावत भोर

☆

नदिया से बादल बने, बादल से बरसात
तू चाहे जो रूप ले मैं हूँ तेरे सात

☆

आज कई दिन बाद वो, मिला तो यूँ की बात
होंठों के अलफ़ाज़ को, बोल रहे थे हात

☆

युग युग से हर बाग़ का, ये ही एक उसूल
जिसको हँसना आ गया, वो ही मिट्टी फूल

☆

सूरज से धरती तपे, छाया ढूँढ़े काग
तन के अन्दर मन जले, धुआँ दिखे न आग

☆

नदिया सींचे खेत को, तोता कुतरे आम
सूरज ठेकेदार सा, सबको बाँटे काम

☆

मैं भी तू भी यात्री, चलती रुकती रेल
अपने अपने गाँव तक, सबका सबसे मेल

☆

पूजा घर में मूरती, मीरा के संग श्याम
जितनी जिसकी चाकरी, इतने उसके दाम

☆

मैं काग़ज़ तू कल्पना, तुझमें मैं साकार
अपनी ही तस्वीर को, पूजे रचनाकार

☆

छोटा करके देखिये, जीवन का विस्तार
आँखों भर आकाश है, बाँहों भर संसार

☆

ऊपर से गुड़िया हँसे अन्दर काट कबाड़
गुड़िया से है प्यार तो, कीलें नहीं उखाड़

☆

मुझ जैसा इक आदमी, मेरा ही हमनाम
उल्टा सीधा वो चले, मुझे करे बदनाम

☆

चिड़ियों को चहकार दे, गीतों को दे बोल
सूरज बन आकाश है गोरी घूँघट खोल

☆

दर्पण में आँखें बनीं, दीवारों में कान
नैनों से हँसने लगी, अधरों की मुस्कान

☆

बगिया महके रात दिन, आयें जायें फूल
परसों नरसों आज कल, भूले मन की भूल

बेक़सूर

देखता है मेरी आँखों से कोई
बोलता है मेरे होंठों से कोई
सोचता है मेरी सोचों से कोई

यूँ तो
आईना में हर अक्स निशाँ है मेरा
दूसरों ही का है
जो कुछ भी यहाँ है मेरा
सिर्फ़!
इक नाम की तख़्ती से मकाँ है मेरा

चन्द हर्फ़ों से
तराशा हुआ इक नाम हूँ मैं
बीज मेरा है
न मिट्टी मेरी
जाने क्यों मुफ़्त में बदनाम हूँ मैं

नाराज़ आदमी

उसने
समुन्दर को अपनी बाँहों में समेटना चाहा
समुन्दर!
उसकी बाँहों में नहीं समा पाया
उसने नाराज़ होकर
समुन्दर से मुँह मोड़ लिया

उसने
आसमान को छूना चाहा
आसमान!
अपनी ऊँचाई से नीचे नहीं आया
उसने नाराज़ होकर
आसमान से रिश्ता तोड़ लिया

उसने दुनिया को जीतना चाहा
दुनिया ने
उसे ताज नहीं पहनाया
उसने नाराज़ होकर
दुनिया का साथ छोड़ दिया
फिर वो
समुन्दर, आसमान और दुनिया में

किसी का नहीं था
लेकिन उसे ये जान कर दुख हुआ
कि उसके बग़ैर भी
समुन्दर यूँ ही मचलता रहा
आसमान यूँ ही रंग बदलता रहा
दुनिया का कारोबार
यूँ ही चलता रहा

☆

नयी नयी आँखें हों तो हर मंज़र अच्छा लगता है
कुछ दिन शहर में घूमे लेकिन अब घर अच्छा लगता है

मिलने जुलने वालों में तो सब ही अपने जैसे हैं
जिससे अब तक मिले नहीं वो अकसर अच्छा लगता है

मेरे आँगन में आये या तेरे सर पर चोट लगे
सन्नाटों में बोलने वाला पत्थर अच्छा लगता है

चाहत हो या पूजा सब के अपने अपने साँचे हैं
जो मूरत में ढल जाये वो पैकर अच्छा लगता है

हमने भी सोकर देखा है नये पुराने शहरों में
जैसा भी है, अपने घर का बिस्तर अच्छा लगता है

☆

ज़मीन दी है तो थोड़ा सा आसमान भी दे
मूरे ख़ुदा मूरे होने का कुछ गुमान भी दे

बना के बुत मुझे बीनाई का अज़ाब न दे
ये ही अज़ाब है क़िस्मत तो फिर ज़बान भी दे

ये कायनात का फैलाव तो बहुत कम है
जहाँ समा सके तनहाई वो मकान भी दे

मैं अपने आपसे कब तक किया करूँ बातें
मेरी ज़बाँ को कभी कोई तर्जुमान भी दे

फ़लक को चाँद सितारे नवाज़ने वाले
मुझे चिराग़ जलाने को सायबान भी दे

गीत

मिट्टी मुझ में बोल
मेरी साँसों में भी
अपने चुप अधरों को खोल
तू ही मोती तू ही कंकर
तू ही छलके नभ से
टुकड़ा टुकड़ा बँट कर भी तो
जुड़ी हुई है सबसे
तन के अन्दर बन्दी क्यों है
मन में भी तो डोल
मिट्टी मुझ में बोल
देखूँ मैं तेरी आँखों से
सोऊँ जागूँ तुझ में
हर पल मुझ में बसने वाली
बेपर्दा हो मुझ में
पता नहीं क्या रूप है तेरा
सीधी है या गोल
मिट्टी मुझ में बोल

अयोध्या

कहीं भी शहर अमाँ नहीं है
अयोध्या अब कहाँ नहीं है

ज़मीनें सारी हैं एक जैसी
कहीं कोई आसमाँ नहीं है

इबारतें बे सदा हैं हर सू
किसी के मुँह में ज़बाँ नहीं है

नये सिरे से तलाश कीजिये!
ख़ुदा जहाँ था वहाँ नहीं है

ये शेख़-ओ-ब्रह्मण

ये शेख़-ओ-ब्रह्ममण हमें अच्छे नहीं लगते
हम जितने हैं ये इतने भी सच्चे नहीं लगते

ऐसे भी गली कूचे हैं बस्ती में हमारी
बचपन में भी बच्चे जहाँ बच्चे नहीं लगते

कश्ती तो बड़ी चीज़ है, मिट्टी के घड़े भी
दरिया में उतरना हो तो कच्चे नहीं लगते

ये लड़ते झगड़ते हुए लोगों की है दुनिया
हाथों में कटोरे हमें अच्छे नहीं लगते

ऐसा तो नहीं गुफ्तगू होती नहीं उनसे
बातों में मगर पहले से लच्छे नहीं लगते

यूँ तो सब की है हमसफ़र

यूँ तो सब की है हमसफ़र दुनिया
सबकी होती नहीं मगर दुनिया

ये अना कम नहीं है जीने को
ख़ुद को जीता है हार कर दुनिया

जितनी क़ीमत है उतना माल नहीं
हमने छोड़ी है देख कर दुनिया

एक ही नाम एक ही चेहरा
यूँ भी होती है मुख़्तसर दुनिया

शायरी से न जी उचट जाये
देख इतना न बन सँवर दुनिया

शहर मेरे साथ चल तू

शहर में सबको कहाँ मिलती है रोने की जगह
अपनी इज़्ज़त भी यहाँ हँसने हँसाने से रही

सुख़न परवराँ यक ते हैं यक ज़्याद
वले होर है मुन्ज ज़बाँ का स्वाद

ग़वासी

इन्तेसाब

अपनी बेटी तहरीर के नाम

बच्चों के छोटे हाथों को चाँद सितारे छूने दो
चार किताबें पढ़कर ये भी हम जैसे हो जायेंगे

शहर मेरे साथ चल तू

निदा फ़ाज़ली आज के दौर के अहम और मोअतबर शायर हैं। वो उन चन्द खुश क़िस्मत शायरों में हैं जो किताबों और रिसालों से बाहर भी लोगों के हाफ़ज़ों में जगमगाते हैं। उनकी शायरी की ये ख़ूबी उन्हें 16वीं सदी के उन सन्त कवियों के क़रीब करती नज़र आती है जिनके कलाम की ज़मीनी कुर्बतों, रूहानी बरकतों और तस्वीरी इबारतों को शुरू ही से उन्होंने अपने कलाम के लेसानी इज़्हार का मेआर बनाया है। इर्दगिर्द के माहौल से जुड़ाव और फ़ितरी मनाज़िर से लगाव उनकी शेअरी खुसूसियात हैं। रायज रिवायती ज़बान में मुक़ामी रंगों की हल्की गहरी शमूलियत से निदा फ़ाज़ली ने जो लब-ओ-लहजा तराशा है वो उन्हीं से मख़सूस है। उनके यहाँ शेअरी ज़बान न चेहरे पर दाढ़ी बढ़ाती है न माथे पर तिलक लगाती है। ये वो ज़बान है जो गली-कूचों में बोली जाती है और घर-आँगन में खनखनाती है। बोल चाल के लफ़्ज़ों में शेअरी आहंग पैदा करना उनकी इंफ़ेरादियत है।

अब से पहले उनके चार शेअरी मजमूअे (1) लफ़्ज़ों का पुल 1971 ई. (2) मोर नाच 1978 ई. (3) आँख और ख़्वाब के दरमियाँ 1986 ई. (4)खोया हुआ सा कुछ 1998 ई. शाये होकर मक़बूल हो चुके हैं। लफ़्ज़ों का पुल से खोया हुआ सा कुछ (इस किताब पर उन्हें साहित्य अकादेमी के इनाम से भी नवाज़ा गया है) तक उनकी हर किताब के कई'कई एडिशन आ चुके हैं। निदा फ़ाज़ली नस्र-ओ-नज़्म दोनों में अवाम-ओ-ख़्वास के पसंदीदा नाम हैं। उनकी इस मक़बूलियत में इंसानी आला इक़दार पर उनके ऐतमाद के साथ हम अस्र आलमी मुआशिरा से उनकी बाख़बर वाबस्तगी का भी हिस्सा है। वो फ़न और ज़िन्दगी की ज़मीनी हम रिश्तगी के क़ायल हैं। वो किसी फ़लसफ़े या नज़रिये के बजाय अपने देखे हुए या इंफ़ेरादी सतह पर महसूस किये हुए को अपना मौज़ूअ बनाते हैं और इसीलिए दूसरों से मुख़तलिफ़ नज़र आते हैं।

निदा का ताल्लुक़ उर्दू शायरों की इस नस्ल से है जिसकी आमद की आहटें 60-65 ई. के दरमियान सुनाई देने लगी थीं लेकिन उनकी शायरी का बग़ौर

मुतालआ किया जाय तो लगता है इस नस्ल से निदा का रिश्ता मेहज़ ज़मानी है क्योंकि उस दौर की अहाताबन्दी जिन तंक़ीदी बुनियादों पर की जाती रही है उनका मजमूई अदबी रवैया किसी लिहाज़ से भी इन दायरों में नहीं आता। वो बेमअनवियत की तशहीर के दौर में समाजी मअनवियत के शायर हैं। वो लेसानी तोड़फोड़ के ज़माने में लब-ओ-लहजे की ग़िनाइयत के परस्तार हैं। उनकी शायरी, घर-रिश्ते और मुआशरे की तसलीस का बयान है। समाजी तज़ादात के शऊर के बावजूद ज़िन्दगी से मोहब्बत की जो शिद्दत निदा के लफ़्ज़ों से झाँकती है वो उन्हें इस अदबी रिवायत से जोड़ती है जो कबीर, नज़ीर और हिटमैन से होती हुई तीसरी दुनिया के मसाएली अदब तक पहुँचती है। उनकी नाराज़गी में फ़रेफ़्तगी का हुस्न नुमायाँ है। 'शहर मेरे साथ चल' निदा फ़ाज़ली की शायरी की पाँचवीं किताब है। उनकी ये किताब भी पिछली किताबों की तरह मुसलसल बदलते मंज़रों का ऐल्बम है। इसमें उनकी फ़िकरी तरजीहात का रक़बा पहले से ज़्यादा वसीअ और गहरा है। निदा का ताल्लुक़ ज़िन्दगी के साथ मुसाफ़िराना जैसा है।

ये जो फैला हुआ ज़माना है
इसका रक़बा ग़रीबख़ाना है
कोई मंज़र सदा नहीं रहता
हर ताल्लुक़ मुसाफ़िराना है

ये दुरुस्त है कि वो किसी मुक़ाम पर देर तक नहीं ठहरते। लेकिन उसके साथ ये भी हक़ीक़त है वो जहाँ भी जितनी देर तक होते हैं वहाँ अपने पूरे हवास-ओ-शिद्दत के साथ अपनी हाज़िरी दर्ज करते हैं और अमूल-ओ-क़ौल के फ़ासले को कम करके लफ़्ज़ को पुर तासीर बनाते हैं और ये ही उनके कलाम की असरपज़ीरी का राज़ भी है। वो हर मंज़र को अपनी नज़र से देखते हैं और वो उन्हें जैसा दिखाई देता है, उसे वैसा ही बयान करते हैं। ज़िन्दगी और उसकी एक़दार के बारे में उनका रवैया शख़्सी है।

जिससे जब तक मिले दिल ही से मिले, जो बदला तो फ़साना बदला
रस्मे दुनिया को निभाने के लिए हमसे रिश्तों की तिजारत न हुई

निदा ने अपनी इस किताब के ज़रिये नये सिरे से अपना तआरुफ़ कराया है। समाजी सरोकार के लिहाज़ से भी और उनके इज़हार के पैरायों की सतह पर भी। इस मजमूए में मुक़ाबलतन ग़ज़लों की तादाद ज़्यादा है। इन ग़ज़लों में मौज़ूआत और अलफ़ाज़ दोनों लिहाज़ से निदा दूसरों से मुख़्तलिफ़ हैं। इस मजमूए में ख़ास तौर से वो नज़्में जो उन्होंने अपनी बेटी तहरीर के लिए कही हैं। इस

मजमूए की ही अच्छी नज़्में नहीं हैं उर्दू की अच्छी तख़लीक़ात में भी उनका शुमार किया जा सकता है। 'शहर मेरे साथ चल' में ग़ज़लों, गीतों, दोहों और नज़्मों के साथ अच्छी-ख़ासी तादाद माहिए की भी है। उनमें भी दोहों की तरह निदा के अंदाज़-ओ-अलफ़ाज़ की ताज़ाकारी मुतवज्जह करती है।

पागल है मराक़ी है

ज़िन्दा है न मुर्दा

ये बच्चा इराक़ी है

निदा फ़ाज़ली चलती फिरती लेकिन लम्हा-ब-लम्हा बदलती ज़िन्दगी के शायर हैं। उनका कलाम मेहज़ ख़याल आराई या किताबी फ़लसफ़ा तराज़ी नहीं है। वजूदी मुफ़क्किर व अदीब कामियो ने कहा है। मेरे आगे न चलो, मैं तुम्हारी पैरवी नहीं कर सकता। मेरे पीछे न चलो मैं रहनुमाई नहीं कर सकता। मेरे साथ चलो... दोस्त की तरह।

कामियो की ये बात निदा के अदबी रवैये पर सादिक़ आती है। उनकी शायरी क़ारी असास शायरी है। इसमें बहुत जल्द दोस्त बन जाने की सलाहियत है। इसमें नासेहाना बुलन्द आहंगी है, न बाग़ियाना तेवर हैं। उन्होंने लफ़्ज़ों के ज़रिये जो दुनिया बसाई है वो सीधी या यक रुख़ी नहीं है। उसके कई चेहरे हैं। ये कहीं मुस्कुराती है कहीं झल्लाती है। कहीं परिन्दा बन के चहचहाती है और कहीं बच्चा बन के मुस्कुराती है। उन्हीं के साथ जंग की तबाहकारी भी है। सियासत की अय्यारी भी है। इन सारे मनाज़िर को उन्होंने हमदर्दाना आँखों से देखा है और दोस्त की तरह बयान किया है।

निदा की तख़लीक़ी ज़ेहानत की एक और खुसूसियत की तरफ़ इशारा करना भी ज़रूरी है। इंसान और फ़ितरत के अदम तवाजुन को जो आज आलमी तशवीशनाक मसला है निदा ने निहायत दर्दमन्दी के साथ मौज़ू-ए-सुख़न बनाया है। जिस दौर में बढ़ती हुई आबादी के रद्दे अमल में, बस्तियों से परिन्दे रुख़्सत हो रहे हों, जंगलों से पेड़ और जानवर ग़ायब हो रहे हैं, समुन्दरों को पीछे हटाकर इमारतें बनाई जा रही हों। उस दौर में फ़ितरत की मासूम फ़िज़ाइयत और उसकी शनाख़्त के आहिस्ता आहिस्ता ख़त्म होने की अफ़सुर्दगी ने इनकी इंफ़ेरादियत में एक और नेहज का इज़ाफ़ा किया है।

सुना है अपने गाँव में रहा न अब वो नीम
जिसके आगे माँद थे सारे वैद हकीम

(इदारा)

शहर मेरे साथ चल

शहर मेरे साथ चल तू
चीख़ते, लड़ते, झगड़ते
कर्फ़्यू
नारों
के इस बाज़ार से बाहर निकल तू
तेरी आँखों में
भरी है रेत
लगता है कई बरसों से
तो सोया नहीं है
हड्डियों में तेरी
तेरे सोचने महसूस करने का था
जितना फ़ासफ़ोरस
मर चुका है
कोकोकोला, पेप्सी का रंग
इनमें भर चुका है
अब किसी भी हादसे पर
वाक़ेअ पर
मसले पर
चौंकता है तू
न रोता है कभी तू
जब भी देखो

मोर्चे, जलसे, तमाशे
सच बता
तनहा भी होता है कभी तू?
फ़रबही का जानलेवा रोग
तेरे तन बदन को खा रहा है
शहर तू...
चारों तरफ़ से
फैलता ही फैलता ही जा रहा है
इससे पहले
गैस के गुब्बारे जैसा
तू अचानक फट के
टुकड़ा टुकड़ा बिखरे
शहर सुन ऐसा करें हम
दूर जंगल के किसी ख़ामोश से गोशे में छुप कर
प्याज़ की गाँठों को
चाकू से तराशें... और रोयें
रोते रोते शान्त हो कर... एक गहरी नींद सोयें
ख़ूब गहरी नींद सोयें

कैमरे के सामने

वाह क्या बात है
इतनी लम्बी हँसी!
और वो भी
हसीं, दिलनशीं
यक़ीं जानिये
ऐसे हँसते हैं आप
जैसे छोटे हैं सब
एक सच्चे हैं आप
"शुक्रिया!!
ये बतायें यहाँ से, है जाना कहाँ?"
दूर टीले के आगे
वहाँ
लाश इक नौजवाँ की पड़ी है जहाँ
भीड़ सहमी हुई सी
खड़ी है जहाँ
ये तो सब ठीक है
ये बतायें वहाँ
मुझको करना है क्या?
लाश को देख कर
फिर से हँसना है क्या?
जी नहीं!!

उस जगह
फूट के रोइये इस तरह
अपने ही घर में हो
सानेहा जिस तरह
कैमरे का ये संसार है
हर डिज़ाइन की पोशाक तैयार है
झूठ को जो करे पेश सच की तरह
वो ही फ़नकार है

गीत

(मदर टेरेसा के लिए)

हर धूप में छाँव सी
हर सर पे दुआओं सी
रोती हुई आँखों की
तहरीर जो पढ़ती थी
इंसान की ख़ातिर जो
भगवान से लड़ती थी
वो प्यासी ज़मीनों पर
उतरी थी घटाओं सी

बीमारों के बिस्तर पर
सोता था खुदा उसका
लाचारों के चेहरों से
रोता था खुदा उसका
रौशन थी अँधेरों में
वो माँ की दुआओं सी
वो प्यास के मन्दिर में
बरसात की मूरत थी
वो भूख की मस्जिद में
रोटी की इबादत थी

वो दर्द के गिरजा में
इंसान की ख़िदमत थी
नफ़रत के अँधेरों में
रहमत की ज़ियाओं सी
हर सर पे.......

कल और आज

पहले ऐसा
कब होता था
उजियारा हो या अँधियारा
जब होना हो तब होता था
एक ही दिन
चलता था हफ़्तों
ख़्वाब थे छोटे
रात बड़ी थी
वक़्त!
निकलता था कम बाहर
जेब के अन्दर
जेब घड़ी थी
आँख उठी
और मंज़र बदले
ये कैसा....!
जंजाल नया है
पिछला साल
गया था कल ही

आज जो देखा
साल नया है
पहले ऐसा कब होता था

तुम ये कैसे जुदा हो गये
हर तरफ़ हर जगह हो गये

ग़ज़ल

वृन्दावन के कृष्ण कनहय्या अल्लाह हू
बनसी, राधा, गीता, गय्या, अल्लाह हू

थोड़े तिनके, थोड़े दाने, थोड़ा जल
एक ही जैसी हर गौरय्या अल्लाह हू

जैसा जिसका बर्तन वैसा उसका तन
घटती, बढ़ती, गंगा मय्या अल्लाह हू

एक ही दरिया नीला पीला लाल हरा
अपनी अपनी सबकी नय्या अल्लाह हू

मौलवियों का सजदा, पंडित की पूजा
मज़दूरों की हय्या हय्या अल्लाह हू

ग़ज़ल

(सद्दाम हुसैन के लिए)

उसको खो देना का एहसास तो कम बाक़ी है
जो हुआ वो न हुआ होता, ये ग़म बाक़ी है

अब न वो छत है न वो ज़ीना, न अंगूर की बेल
सिर्फ़ इक उसको भुलाने की क़सम बाक़ी है

मैंने पूछा था सबब पेड़ के गिर जाने का
उठ के माली ने कहा उसकी क़लम बाक़ी है

जंग के फ़ैसले मैदाँ में कहाँ होते हैं
जब तलक हाफ़ज़े बाक़ी हैं अलम बाक़ी है

थक के गिरता है हिरन सिर्फ़ शिकारी के लिए
जिस्म घायल है मगर आँखों में रम बाक़ी है

थोड़ी सी कमी रह जाती है

हर कविता मुकम्मल होती है
लेकिन वो क़लम से काग़ज़ पर
जब आती है
थोड़ी सी कमी रह जाती है

हर प्रीत मुकम्मल होती है
लेकिन वो गगन से धरती पर
जब आती है
थोड़ी सी कमी रह जाती है

हर जीत मुकम्मल होती है
सरहद से वो लेकिन आँगन में
जब आती है
थोड़ी सी कमी रह जाती है

फिर कविता नयी
फिर प्रीत नयी
फिर जीत नयी..... बहलाती है

हर बार
मगर लगता है यूँ ही
थोड़ी सी कमी रह जाती है

नीले पीले हरे गुलाबी
हर गुल में गुलज़ार का चेहरा

ग़ज़ल

हर एक घर में दिया भी जले अनाज भी हो
अगर न हो कहीं ऐसा तो एहतेजाज भी हो

रहेगी वादों में कब तक असीर ख़ुशहाली
हर एक बार ही कल क्यों, कभी तो आज भी हो

न करते शोर शराबा तो और क्या करते
तुम्हारे शहर में कुछ और काम काज भी हो

हुकूमतों को बदलना तो कुछ मुहाल नहीं
हुकूमतें जो बदलता है वो समाज भी हो

बदल रहे हैं कई आदमी दरिन्दों में
मरज़ पुराना है इसका नया इलाज भी हो

अकेले ग़म से नयी शायरी नहीं होती
ज़बाने मीर में ग़ालिब का इम्तेज़ाज भी हो

राजा सीना दोनों मिट्टी
जीत से झाँके हार का चेहरा

ग़ज़ल

आती जाती हर मोहब्बत है चलो यूँ ही सही
जब तलक है ख़ूबसूरत है चलो यूँ ही सही

हम कहाँ के देवता हैं बेवफ़ा वो हैं तो क्या
घर में कोई घर की ज़ीनत है चलो यूँ ही सही

वो नहीं तो कोई तो होगा कहीं उसकी तरह
जिस्म में जब तक हरारत है चलो यूँ ही सही

मैले हो जाते हैं रिश्ते भी लिबासों की तरह
दोस्ती हर दिन की मेहनत है चलो यूँ ही सही

भूल थी अपनी, फ़रिश्ता आदमी में ढूँढ़ना
आदमी में आदमियत है चलो यूँ ही सही

जैसी होनी चाहिए थी वैसी तो दुनिया नहीं
दुनियादारी भी ज़रूरत है चलो यूँ ही सही

बच्चे सो कर जाग रहे हैं
खोलो मत अख़बार का चेहरा

ग़ज़ल

कठपुतली है या जीवन है जीते जाओ सोचो मत
सोच से ही सारी उल्झन है जीते जाओ सोचो मत

लिखा हुआ किरदार कहानी में ही चलता फिरता है
कभी है दूरी कभी मिलन है जीते जाओ सोचो मत

नाच सको तो नाचो जब थक जाओ तो आराम करो
टेढ़ा क्यों घर का आँगन है जीते जाओ सोचो मत

हर मज़हब का एक ही कहना, जैसा मालिक रखे रहना
जब तक साँसों का बन्धन है जीते जाओ सोचो मत

घूम रहे हैं बाज़ारों में, सरमायों के आतिशदान
किस भट्टी में कौन ईंधन है जीते जाओ सोचो मत

तुम ये कैसे जुदा हो गये
हर तरफ़ हर जगह हो गये

गीत

बादल मेरे गाँव भी आओ
पगड़ी टाँगो
पीपल नीचे
ऊँट बिठाओ
मस्जिद पीछे
सूख रहे हैं ताल तलाओ
फिर उनको भर जाओ
बादल मेरे गाँव भी आओ
चौपालों में कथा सुनाओ
पिंजरे की मैना से बोलो
बनिया डंडी मार रहा है
दाल नमक
अच्छे से तौलो
खोल के अपनी महँगी गठरी
सस्ती हाट लगाओ
बादल.....
नीम की मीठी करो निबोली
सुलगाओ ठंडे चूल्हों को
मैदानों से धूप उठा कर
पेंगें भरने दो झूलों को
चुप चुप हैं

बीजों में अंकुर
आल्हा ऊदल गाओ
बादल मेरे......
पगडंडी पर घास बिछाओ
दूध चढ़ाओ गाय के थन में
फाड़ के मुखिया के खाते को
चैन लिखो घर के आँगन में
प्यासी है
नदिया बेचारी
शीतल जल बरसाओ
बादल मेरे गाँव भी आओ

ग़ज़ल

जितनी बुरी कही जाती है उतनी बुरी नहीं है दुनिया
बच्चों के स्कूल में शायद तुम से मिली नहीं है दुनिया

चार घरों के एक मोहल्ले के बाहर भी है आबादी
जैसी तुम्हें दिखाई दी है सबकी वही नहीं है दुनिया

घर में ही मत इसे सजाओ, इधर उधर भी ले के जाओ
यूँ लगता है जैसे तुमसे अब तक खुली नहीं है दुनिया

भाग रही है गेंद के पीछे, जाग रही है चाँद के नीचे
शोर भरे काले नारों से अब तक डरी नहीं है दुनिया

ग़ज़ल

कोई किसी से ख़ुश हो और वो भी बारहा हो
ये बात तो ग़लत है
रिश्ता लिबास बन कर मैला नहीं हुआ हो
ये बात तो ग़लत है
वो चाँद रहगुज़र का, साथी जो था सफ़र का
ये बात तो ग़लत है
हर बार की नज़र से रौशन वो मोअजज़ा हो
ये बात तो ग़लत है
है बात उसकी अच्छी, लगती है दिल को सच्ची
फिर भी थोड़ी कच्ची
जो उसका हादसा है मेरा भी तजुर्बा हो
ये बात तो ग़लत है
दरिया है बहता पानी, हर मौज है रवानी
रुकती नहीं कहानी
जितना लिखा गया है उतना ही वाक़ेआ हो
ये बात तो ग़लत है
ये युग है कारोबारी, हर शय है इश्तेहारी
राजा हो या भिखारी
शोहरत है जिसकी जितनी उतना ही मरतबा हो
ये बात तो ग़लत है

ज़मीं पे लेकिन अभी हैं आँसू

यहीं कहीं
वो चिराग़ भी था
खुली हवाओं में
जो सितारे सा डोलता था

यहीं कहीं
वो दरख़्त भी था
जो आयतों की ज़बाँ में
मौसम से बोलता था

यही कहीं
वो ख़याल भी था
जो वक़्त की डोरियों की
गाँठों को खोलता था

ये सच है
अब वो नहीं हैं
लेकिन मुझे यक़ीं है
जो मुद्दतों से हैं लापता वो
यहीं कहीं हैं

वो सब किताबें
सुराग़ रौशन थे जिन में
उनके......
ज़मीन से आसमाँ को
वापस चली गयी हैं
जहाँ से उतरी थीं
अब वहीं पर
वो चाँद सूरज बनी हुई हैं
ज़मीं पे लेकिन
अभी हैं बच्चे
ज़मीं पे लेकिन
अभी हैं माँएँ
ज़मीं पे लेकिन
अभी हैं आँसू
उन्हीं की चंचल शरारतों में
उन्हीं की बेलौस चाहतों में
उन्हीं की मजबूर ज़हमतों में
वो हर्फ़ शामिल हैं
जिनमें छुप कर
जो गुमशुदा है
वो झाँकता है

जाने वाले गये ही कहाँ
चाँद सूरज घटा हो गये

☆

काला अम्बर पीली धरती या अल्लाह
हा हा, हे हे, ही ही ही ही या अल्लाह

करगिल और कश्मीर ही तेरे नाम हों क्यों
भाई बहन महबूबा बेटी या अल्लाह

पीर पयम्बर को अब और न ज़ेहमत दे
चूल्हा, चक्की, रोटी, सब्ज़ी या अल्लाह

गुड़ मिसरी भी भेज कभी अख़बारों में
कई दिनों से चाय है कड़वी या अल्लाह

तू ही फूल, सितारा, सावन, हरियाली
और कभी तो नागासाकी या अल्लाह

बेवफ़ा तो न वो हैं न हम
यूँ हुआ बस जुदा हो गये

ग़ज़ल

ये जो फैला हुआ ज़माना है
उसका रक़बा ग़रीबख़ाना है

कोई मंज़र सदा नहीं रहता
हर ताल्लुक़ मुसाफ़िराना है

देस परदेस क्या परिन्दों का
आब-ओ-दाना ही आशियाना है

कैसी मस्जिद कहाँ का बुतख़ाना
हर जगह उसका आस्ताना

इश्क़ की उम्र कम ही होती है
बाक़ी जो कुछ है दोस्ताना है

किताबों की दुकान

ये रस्ता है वही
तुम कह रहे हो
यहाँ तो......
पहले जैसा कुछ नहीं है
दरख़्तों पर
न वो चालाक बन्दर
शरारत करते रहते थे जो अकसर
न ताक़ों में
छुपे सूफ़ी कबूतर
गुटरगूँ करते रहते थे जो दिन भर
न कड़वा नीम
इमली के बराबर
जो घर घर घूमता था
वेद बन कर
कई दिन बाद
तुम आये हो शायद!!
ये सूरज चाँद वाला
बूढ़ा अम्बर

बदल देता है चेहरा हो
या मंज़र
ये आलीशान होटल है जहाँ पर
यहाँ पहले
किताबों की दुकाँ थी!!

ग़ज़ल

गिरजा में, मन्दिरों में, अज़ानों में बँट गया
होते ही सुबह आदमी ख़ानों में बँट गया

इक इश्क़ नाम का जो परिन्दा ख़ला में था
उतरा जो शहर में तो दुकानों में बँट गया

पहले तलाशा खेत, फिर दरिया की खोज की
बाक़ी का वक़्त गेहूँ के दानों में बँट गया

जब तक था आसमान में सूरज सभी का था
फिर यूँ हुआ वो चन्द मकानों में बँट गया

हैं ताक में शिकारी, निशाना हैं बस्तियाँ
आलम तमाम चन्द मचानों में बँट गया

ख़बरों ने की मुसव्वरी, ख़बरें ग़ज़ल बनीं
ज़िन्दा लहू तो तीर कमानों में बँट गया

मेरा शहर

ये ही शहर
जो अब
समुन्दर किनारे
बिना छाँव नारियल के सहारे
झुकाये हुए सर को बैठा हुआ है
अकेला सा
चुप चुप सा
सहमा हुआ है
कभी ये भी
चारों तरफ़ भागता था
बड़ा ज़िन्दा दिल था
ये रातों में
दिन की तरह जागता था
कभी जीन्स पहने
जवानों के जैसा
कभी चलती लोकल में
गानों के जैसा
कभी आरती और
अज़ानों के जैसा
कभी दूर के
आसमानों के जैसा

सदा उसकी
हर ख़्वाब में गूँजती थी
खनकता हुआ ऐसा कलदार था वो
शराबी
जुआरी
भिखारी
पुजारी
ख़ुद अपनी ही मस्ती में सरशार था वो
नज़र लग गयी इसको शायद किसी की
ये बादल सा घर घर
बरसता बहुत था
कभी उसकी जेबों में
ढेरों हँसी थी
ये हँसता बहुत था

ग़ज़ल

हर एक बात को चुपचाप क्यों सुना जाये
कभी तो हौसला करके नहीं कहा जाये

तुम्हारा घर भी इसी शहर के हिसार में है
लगी है आग कहाँ, क्यों? पता किया जाये

जुदा है हीर से राँझा, कई ज़मानों से
नये सिरे से कहानी को फिर लिखा जाये

कहा गया है सितारों को छूना मुश्किल है
ये कितना सच है कभी तजुर्बा किया जाये

किताबें यूँ तो बहुत सी हैं मेरे बारे में
कभी अकेले में ख़ुद को भी पढ़ लिया जाये

ग़ज़ल

वक़्त बंजारा सिफ़त लम्हा-ब-लम्हा अपना
किसको मालूम! यहाँ कौन है कितना अपना

जो भी चाहे वो बना ले उसे अपने जैसा
किसी आईना का होता नहीं चेहरा अपना

ख़ुद से मिलने का चलन आम नहीं है वर्ना
अपने अन्दर ही छुपा होता है रस्ता अपना

यूँ भी होता है वो ख़ूबी जो है हमसे मंसूब
उसके होने में नहीं होता इरादा अपना

ख़त के आख़िर में सभी यूँ ही रक़म करते हैं
उसने रसमन ही लिखा होगा तुम्हारा अपना

इत्तेफ़ाक़

नदी, पहाड़
पेड़, फल
हवा
चिराग़
फूल
जल
ये मेरा आज
तेरा कल
यहाँ है जो भी
जिस तरह
वो एक इत्तेफ़ाक़ है
इस इत्तेफ़ाक़ में
किसी का दख़ल है न रूप है
जो छाँव है तो छाँव है
जो धूप है तो धूप है
बबूल!
क्यों बबूल है
पता नहीं
गुलाब
क्यों गुलाब है
पता नहीं!

अनार क्यों अनार है
पता नहीं!
पता नहीं है जिसका
वो ही वजहे इफ़्तेराक़ है
मगर ये फ़र्क़
जो हमारे बीच का निफ़ाक़ है
ये ही कभी विसाल है
ये ही कभी फ़िराक़ है

ग़ज़ल

यक़ीन चाँद पे सूरज में ऐतबार भी रख
मगर निगाह में थोड़ा सा इंतेज़ार भी रख

ख़ुदा के हाथ में मत सौंप सारे कामों को
बदलते वक़्त पे कुछ अपना अख़्तियार भी रख

ये ही लहू है शहादत ये ही लहू पानी
ख़िज़ाँ नसीब सही ज़ेहन में बहार भी रख

घरों के ताक़ों में गुलदस्ते यूँ नहीं सजते
जहाँ हैं फूल वहीं आस पास ख़ार भी रख

पहाड़ गूँजें, नदी गाये ये ज़रूरी है
सफ़र कहीं का हो, दिल में किसी का प्यार भी रख

अपनी बेटी तहरीर के लिए तीन नज़्में

जिसे लिखता है सूरज

वो आयी!
और उसने मुस्कुरा के
मेरी बढ़ती उम्र के
सारे पुराने
जाने अनजाने बरस
पहले हवाओं में उड़ाये
और फिर मेरी ज़बाँ के
सारे लफ़्ज़ों को
ग़ज़ल को
गीत को
दोहों को
नज़्मों को
खुली खिड़की से बाहर फेंक कर
यूँ खिलखिलाई
क़लम ने
मेज़ पर लेटे ही लेटे आँख मिचकाई
म्याऊँ करके कूदी
बन्द शीशी में पड़ी सियाही
उठा के हाथ दोनों
चाय के कप ने ली अँगड़ाई
छलाँगें मार के

हँसने लगी बरसों की तनहाई
अचानक मेरे होंठों पर
इशारों और बेमअनी सदाओं की
वही भाषा उभर आयी
जिसे लिखता है सूरज
जिसे पढ़ता है दरिया
जिसे सुनता है सबज़ा
जिसे सदियों बादल बोलता है
और हर धरती समझती है

मरम्मत की ज़रूरत

बहुत मैला है ये सूरज
किसी दरिया के पानी में
उसे धोकर सुखायें फिर
गगन में चाँद भी!
कुछ धुँधला धुँधला है
मिटा के उसके सारे दाग़ धब्बे
जगमगायें फिर
हवायें सो रही हैं
पर्वतों पर पाँव फैलाये
जगा के उनको नीचे लायें
पेड़ों में बसायें फिर
धमाके कच्ची नींदों में
डरा देते हैं बच्चों को
धमाके ख़त्म करके
लोरियों को गुनगुनाएँ फिर
वो जबसे साथ है
यूँ लग रहा है
अपनी ये दुनिया

जो सदियों की विरासत है
जो हम सब की अमानत है
पुरानी हो गयी हैं
इसमें अब
थोड़ी मरम्मत की ज़रूरत है

छोटी सी शॉपिंग

गोटे वाली
लाल ओढ़नी
उस पर
चोली घागरा
उसी से मैचिंग करने वाला
छोटा सा इक नागरा

छोटी सी!
ये शॉपिंग थी
या!
कोई जादू टोना
लम्बा चौड़ा शहर अचानक
बन कर
एक खिलौना
इतिहासों का जाल तोड़ के
दाढ़ी
पगड़ी
ऊँट छोड़ के

अलिफ़ से
अम्माँ

बे से

बाबा

बैठा बाज रहा था

पाँच साल की बच्ची

बन कर जयपुर

नाच रहा था

ग़ज़ल

किसी भी शहर में जाओ कहीं क़याम करो
कोई फ़िज़ा कोई मंज़र किसी के नाम करो

दुआ सलाम ज़रूरी है शहर वालों से
मगर अकेले में अपना भी एहतराम करो

हमेशा अमन नहीं होता फ़ाख़ताओं में
कभी कभार उक़ाबों से भी कलाम करो

हर एक बस्ती बदलती है रंग रूप कई
जिधर भी सुबह गुज़ारो, उधर ही शाम करो

ख़ुदा के हुक्म से शैतान भी है आदम भी
वो अपना काम करेगा तुम अपना काम करो

ग़ज़ल

कोई नहीं है आने वाला फिर भी कोई आने को है
आते जाते रात और दिन में कुछ तो जी बहलाने को है

चलो यहाँ से अपनी अपनी शाख़ों पे लौट आये परिन्दे
भूली बिसरी यादों को फिर तनहाई दोहराने को है

दो दरवाज़े एक हवेली, आमद रुख़सत एक पहेली
कोई जाकर आने को है, कोई आकर जाने को है

दिन भर का हंगामा सारा, शाम ढले फिर बिस्तर प्यारा
मेरा रस्ता हो या तेरा, हर रस्ता घर जाने को है

आबादी का शोर शराबा, छोड़ के ढूँढ़ो कोई ख़राबा
तनहाई फिर शमअ जला कर कोई राज़ बताने को है

दोहे

नदिया ऊपर पुल बना, जुड़ा नगर से गाँव
चिड़ियाँ गूँगी हो गयीं, अँधी हो गयी छाँव

तोता, मैना, फ़ाख़ाता, लाख मचायें शोर
जिसके पर पैसों भरे नाम उसी का मोर

ये भी, वो भी और भी एक से सबके रोग
बुला रही हैं वस्तुयें, भाग रहे हैं लोग

दोहे

ताला, चाबी, चटख़ानी, दरवाज़ा, दीवार
एक दूजे के ख़ौफ़ से, बना है ये संसार

अब मिल में किस काम के, बुनकर माता दीन
सो चरख़ों की रूई को, काते एक मशीन

सुन्दर फूल गुलाब का, यूँ बगिया से जाये
मुरझाने के बाद भी, कलियों में मुस्काये

गीत

झपाझप!
पीपल लहराया
शहर में मुझसे मिलने
मेरा गाँव चला आया

गर्म दोपहरी
आँगन बैठी
पान सुपारी खाये
बरखा!
फटी पुरानी छतरी
में पैवन्द लगाये
    भेज नबी जी
    मिट्ठू बोला
    मेंढक टर्राया
झपाझप पीपल लहराया
शहर में मुझसे मिलने
मेरा गाँव चला आया
    सात प्यालों के
    रंगों से
    धनक बने दोपट्टे
    छन छन करते हाथों से

संगीत भरे सिलबट्टे

पोस्टमैन का गा
छज्जे पर
संदेसा लाया

झपाझप
पीपल लहराया
शहर में मुझसे मिलने
मेरा गाँव
चला आया

जैनेरेशन गैप

सुबह जब
अख़बार ने मुझसे कहा
ज़िन्दगी.....!
जीना बहुत दुश्वार है
सरहदें
फिर शोर गुल करने लगीं
जंग लड़ने के लिए तैयार है
दरमियाँ था
जो ख़ुदा
वो अब कहाँ
आदमी से आदमी बेज़ार है
पास आकर
एक बच्चे ने कहा
आपके हाथों में जो अख़बार है
इसमें
मेले का नया बाज़ार है
हाथी
घोड़ा
शेर

सब होंगे वहाँ
ऐसे दिन!
हर रोज़ आते हैं कहाँ
हाफ़ डे है आज
कल इतवार है

ग़ज़ल

जब भी किसी ने ख़ुद को सदा दी
सन्नाटों में आग लगा दी

मिट्टी उसकी, पानी उसका
जैसी चाही शक्ल बना दी

छोटा लगता था अफ़साना
मैंने तेरी बात बढ़ा दी

जब भी सोचा उसका चेहरा
अपनी ही तस्वीर बना दी

तुझको, तुझमें ढूँढ़ के हमने
दुनिया तेरी शान बढ़ा दी

ग़ज़ल

जो हो इक बार वो हर बार हो ऐसा नहीं होता
हमेशा एक ही से प्यार हो ऐसा नहीं होता

हर इक कश्ती का अपना तजुर्बा होता है दरिया में
सफ़र में रोज़ ही मँझधार हो ऐसा नहीं होता

कहानी में तो किरदारों को जो चाहे बना दीजिए
हक़ीक़त भी कहानीकार हो ऐसा नहीं होता

कहीं तो कोई होगा जिसको अपनी भी ज़रूरत हो
हर इक बाज़ी में दिल की हार हो ऐसा नहीं होता

सिखा देती हैं चलना ठोकरें भी राहगीरों को
कोई रस्ता सदा दुश्वार हो ऐसा नहीं होता

ग़ज़ल

चाहतें मौसमी परिन्दे हैं, रुत बदलते ही लौट जाते हैं
घोंसले बन के टूट जाते हैं, दाग़ शाख़ों पे चहचहाते हैं

आने वाले ब्याज़ में अपनी, जाने वालों के नाम लिखते हैं
सब ही औरों के ख़ाली कमरों को, अपनी अपनी तरह सजाते हैं

मौत एक वाहमा है नज़रों का, साथ छूटता कहाँ है अपनों का
जो ज़मीं पर नज़र नहीं आते, चाँद सितारों में जगमगाते हैं

ये मुसव्विर अजीब होते हैं, आप अपने हबीब होते हैं
दूसरों की शबाहतें लेकर, अपनी तस्वीर ही बनाते हैं

यूँ ही चलता है कारोबार जहाँ, है ज़रूरी हर एक चीज़ यहाँ
जिन दरख़्तों में फल नहीं आते वो जलाने के काम आते हैं

पहली चिंगारी

वो पहली चिंगारी
जो ज़मीन पर
हवा के हाथों से
पत्थरों में हुई थी रौशन
बुझी नहीं है
    लहक रही है
    वो फूल बन कर
    दहक रही है
    वो आग बन कर
    लहक रही है
    वो राग बन कर

ग़ज़ल

न जाने कौन सा मंज़र नज़र में रहता है
तमाम उम्र मुसाफ़िर सफ़र में रहता है

लड़ाई देखे हुए दुश्मनों से मुमकिन है
मगर वो ख़ौफ़! जो दीवार-ओ-दर में रहता है

ख़ुदा तो मालिक-ओ-मुख़तार है कहीं भी रहे
कभी बशर में कभी जानवर में रहता है

अजीब दौर है ये, तय शुदा नहीं कुछ भी
ये चाँद शब में न सूरज सेहर में रहता है

जो मिलना चाहो तो मुझसे मिलो कहीं बाहर
वो कोई और है जो मेरे घर में रहता है

बदलना चाहो तो दुनिया बदल भी सकती हो
अजब फ़ुतूर सा हर वक़्त सर में रहता है

जंगल का सफ़र

इक जंगल में
हाथी जैसे
इक बादल के नीचे
    बैठा था
    इक बेचेहरा सा
    जोगी आँखें मींचे
देख के मुझको
    उसने पूछा
जाना कहाँ है तुझको?
    अपने सफ़र का
नक़्शा!
    मैंने उसे दिखाया जबसे
    साँप लपेटे
    वो ही जोगी
    साथ है मेरे तब से
दिन भर तो वो
मेरे आगे
या पीछे होता है

रात होते ही
यूँ होता है
    अपने बाहर जागता हूँ मैं
    वो!
    मुझमें सोता है

ग़ज़ल

कुछ दिनों तो शहर सारा चम्पई सा हो गया
फिर हुआ यूँ, वो किसी की, मैं किसी का हो गया

इश्क़ करके देखिये, अपना तो ये है तजुर्बा
घर, मोहल्ला, शहर सब पहले से अच्छा हो गया

क़ब्र में हक़ गोई बाहर मंक़बत क़व्वालियाँ
आदमी का आदमी होना तमाशा हो गया

वो ही मूरत, वो ही सूरत, वो ही कुदरत की तरह
उसको जिसने जैसा सोचा वो भी वैसा हो गया

ग़ज़ल

एक ही धरती हम सबका घर जितना तेरा उतना मेरा
दुख सुख का ये जन्तर मन्तर जितना तेरा उतना मेरा

गेहूँ चावल बाँटने वाले, झूठा तौलें तो क्या बोलें
यूँ तो सब कुछ अन्दर बाहर जितना तेरा उतना मेरा

हर जीवन की वही विरासत, आँसू, सपना, चाहत, मेहनत
साँसों का हर बोझ बराबर, जितना तेरा उतना मेरा

साँसें जितनी, मौजें उतनी, सबकी अपनी अपनी गिनती
सदियों का इतिहास समुन्दर, जितना तेरा उतना मेरा

ख़ुशियों के बँटवारे तक ही ऊँचे नीचे आगे पीछे
दुनिया के मिट जाने का डर, जितना तेरा उतना मेरा

हिजरत

ज़रूरी काग़ज़ों की फ़ाइलों से
बे ज़रूरी
काग़ज़ों को
छाँटा जाता है
कभी कुछ फेंका जाता है
कभी कुछ बाँटा जाता है
कई बरसों के रिश्तों को
पलों को
काटा जाता है
    वो शीशा हो
    कि पत्थर हो
    बिना दुम का वो बन्दर हो
    निशानों से भरा
    या कोई बोसीदा कलेन्डर हो
पुराने घर के ताक़ों में
मचानों में
वो सब!!
छूटा हुआ अपना
कभी बन कर कोई आँसू
कभी बन कर कोई सपना
अचानक

जगमगाता है
वो सब खोया हुआ
अपने न होने से सताता है
मकानों के बदलने से
नये ख़ानों में ढलने से
बहुत कुछ टूट जाता है
बहुत कुछ छूट जाता है

☆

मुट्ठी भर लोगों के हाथों में लाखों की तक़दीरें हैं
जुदा जुदा हैं धर्म इलाक़े एक सी लेकिन ज़ंज़ीरें हैं

आज और कल की बात नहीं है सदियों की तारीख़ ये ही है
हर आँगन में ख़्वाब हैं लेकिन चन्द घरों में ताबीरें हैं

जब भी कोई तख़्त सजा है, मेरा तेरा ख़ून बहा है
दरबारों की शान-ओ-शौकत मैदानों की शमशीरें हैं

हर जंगल की एक कहानी, वो ही भेंट वही क़ुर्बानी
गूँगी बहरी सारी भेड़ें चरवाहों की जागीरें हैं

दो शे'र

जाने क्या उनकी निगाहों ने कहा है हमसे
आज कल शहर में हर कोई ख़फ़ा है हमसे

काश वो एक नहीं होते बहुत से होते
जिनको वो मिल न सके, उनको गिला है हमसे

ग़ज़ल

आज ज़रा फ़ुर्सत पाई थी आज उसे फिर याद किया
बन्द गली के आख़िरी घर को खोल के फिर आबाद किया

खोल के खिड़की चाँद हँसा फिर चाँद ने दोनों हाथों से
रंग उड़ाये, फूल खिलाये, चिड़ियों को आज़ाद किया

बड़े बड़े ग़म खड़े हुए थे रस्ता रोके राहों में
छोटी छोटी ख़ुशियों से ही हमने दिल को शाद किया

बात बहुत मामूली सी थी उलझ गयी तकरारों में
एक ज़रा सी ज़िद ने आख़िर दोनों को बर्बाद किया

दानाओं की बात न मानी काम आयी नादानी ही
सुना हवा को, पढ़ा नदी को, मौसम को उस्ताद किया

माहिये

पागल है मिराक़ी का
मुर्दा है न ज़िन्दा
ये बच्चा इराक़ी है

डाली पे परिन्दा है
आँखों में भर लीजे
मंज़र अभी ज़िन्दा है

सतरंगी दोपट्टा है
देखे जो न मुड़ के
वो उल्लू का पट्ठा है

हक़गोई का हामी है
नालाँ हैं सब इससे
आईना हरामी है

बेनाम सा मरक़द है
मिट्टी हुई मिट्टी
अब जंग न सरहद है

अल्लाह कहाँ है तू?

फिर भी जहाँ तू है
क्या सच है वहाँ है तू?

क्या ख़ूब ज़माना है
जितनी हक़ीक़त है
उतना ही फ़साना है

छज्जे पर कबूतर है
धूप में है क़ासिद
हुजरे में क़लंदर है

ताले में लगी चाबी
भय्या की थाली में
गुड़ रखने लगी भाभी

सुर हँसी का लहराया
राधा की गागर में
फिर चाँद उतर आया

हर द्वार पे मेला है
द्वार के पीछे तो
हर कोई अकेला है

तन्दूर में रोटी है
भूख अधरमी है
दाढ़ी है न चोटी है

मुर्दा घर में बँटवारा

सारी लाशें
एक सी थीं
वो ही आँखें - मेरी जैसी
वो ही टाँगें - तेरी जैसी
सारे बच्चे बच्चों जैसे
सारे बूढ़े बूढ़ों जैसे
सारी लाशें
चुप थीं लेकिन
मुर्दा घर के चारों जानिब
शोर-ओ-गुल था
ज़िन्दगी के ताजिरों का
मौत के सौदागरों का
गद्दियों का कुर्सियों का
बन्दियों में
चोटियों में
दाढ़ियों में
नाफ़ से नीचे की
नंगी झाड़ियों में
ज़िन्दगी को जिस तरह
टुकड़ों बाँटा जा रहा था
मौत को भी.....

ज़ात और धर्मों से
छाँटा जा रहा था
    कौन किसका?
    किसके कितने?
ग़म तो ग़म है
ज़ाफ़रानी क्या, हरा क्या?
मेरे मातम में
वहाँ जितने भी थे
इंसान थे वो
टूटा फूटा
मेरा हिन्दुस्तान थे वो

एक दिन और

नींद के गहरे अँधेरे
ग़ार से फिर
रौशनी फूटी
    सजा आकाश
    रस्ते जगमगाये
    ओस में भीगी
हवा की आहटों से
आशियानों में
परिन्दे चहचहाये

    फिर मिली
    बेनूर आँखों को बसारत
    फिर मिली
    बेसौत कानों की समाअत
    फिर मिली
    बेजान साँसों को हरारत
    खोल कर खिड़की
    मोअज़्ज़िन की सदा पर
    ज़िन्दगी ने

फिर नया सपना लिखा है
फिर नयी दुनिया बसी है
फिर नया सूरज उगा है
एक दिन
फिर और जीने को मिला है

कन्फ़ेशन

(महाराष्ट्र की शैला कन्नी के लिए जो अकेली ज़ुल्म से लड़ के हार गयी)

ये सच है
जब तुम्हारे जिस्म की
चादर
भरी महफ़िल में खींची जा रही थी
उस तमाशे का
तमाशाई था मैं भी
और मैं चुप था

ये सच है
जब तुम्हारी बेगुनाही को
सरे बाज़ार सूली पर चढ़ाया जा रहा था
उस घड़ी

मैं भी वहाँ था
और मैं चुप था
ये सच है
जब सुलगती रेत पर तुम
सर बरहना
अपने बेटों
भाइयों को

तनहा बैठी
रो रही थीं
मैं तुम्हारी बेबसी का
मरसिया था
और मैं चुप था

ये सच है
आज भी जब
शेर, चीतों से घिरे जंगल से टकराती
तुम्हारी चीख़ती साँसें
    मुझे आवाज़ देती हैं
    मेरी शोहरत
    मेरी इज़्ज़त
    मेरे आराम की आदत
    मेरे बढ़ते हुए क़दमों को
    बढ़ के थाम लेती है
    मैं मुजरिम था। मैं मुजरिम हूँ
मेरी ख़ामोशी मेरी जुर्म की ज़िन्दा शहादत है
मैं उनके साथ था जो
जुल्म को ईजाद करते हैं
मैं उनके साथ हूँ
जो हँसती गाती बस्तियाँ बर्बाद करते हैं

ग़ज़ल

मैं अपने अख़्तियार में हूँ भी नहीं भी हूँ
दुनिया के कारोबार में हूँ भी नहीं भी हूँ

तेरी ही जुस्तजू में, लगा है कभी कभी
मैं तेरे इन्तेज़ार में हूँ भी नहीं भी हूँ

फ़ेहरिस्त मरने वालों की क़ातिल के पास है
मैं अपने ही मज़ार में हूँ भी नहीं भी हूँ

औरों के साथ ऐसा कोई मसअला नहीं
इक मैं ही इस दियार में हूँ भी नहीं भी हूँ

मुझसे ही है हर एक सियासत का ऐतबार
फिर भी किसी शुमार में हूँ भी नहीं भी हूँ

पेशावर

नहीं!
ये भूखा नहीं है
इस पर तरस न खाओ
    फ़क़ीर उसको न जानो
    ये कोई पेशावर है
ये ऐक्टर है
        जो झूठे अफ़लास का
        तमाशा दिखा रहा है
        लिखे हुए दूसरों के जुमले
        सुना रहा
बदन में!
जब भूख जागती है
हर एक सरहद
हर एक सीमा फलाँगती है
ये हाथ फैला के
गिड़गिड़ाती नहीं है
हक़ अपना माँगती है
ये भूख तो आग है
धुआँ है
ये कोई ठहरी हुई इकाई कहाँ है

पैहम रवाँ दवाँ है
ये हर ज़मीं है
ये हर ज़बाँ है
जहाँ भी है
एक कारवाँ है

बाग़

तलाश थी जो बाग़ की
रवानगी से पेशतर
अगर न थी तुम्हें ख़बर
    तो चलते पानियों की
    सनसनाहटों से पूछते
    किधर है वो?
    ये ख़ामशी की आहटों से पूछते
    चहकते पंछियों की
    गुनगुनाहटों से पूछते
इधर तो
दूर दूर तक
न रंग है
न फूल है
कभी न ख़त्म होने वाली
रहगुज़र की धूल है
किताब घर के रास्ते से
बाग़ की तलाश
    बेउसूल है

नंगा नाच

खेत उनके पास कब थे
जिनमें वो ग़ल्ला उगाते
रूई चरखों में कहाँ थी
जिससे वो कपड़ा बनाते
आग चूल्हों में कहाँ थी
जिस पे वो रोटी पकाते
    हाथ वो
    बे काम थे सब
    जिनको कामों से लगाया जा रहा था
    गोदियाँ माँओं की
    क़ब्रें बन रही थीं
    मकतबों में
    ख़ूँ बहाया जा रहा था
मौत रस्तों पर बिछाई जा रही थी
शहर को ज़िन्दा जलाया जा रहा था
    हो रही थी!
तख़्त शाही की मरम्मत!
    सब्ज़ पेड़ों को गिराया जा रहा था

आयतों की बरकतों में
आरती के मन्तरों में
सदियों बूढ़ी......
भूख को
नंगा नचाया जा रहा था

मुआहिदा

कटी फटी हैं धरतियाँ
धुआँ धआँ फ़िज़ायें हैं
लहू लहू
इबादतें हैं
बेअसर दुआयें हैं
वो जंगलों के पहरेदार
जानवर नहीं रहे
सँभालते थे मौसमों को
जो शजर नहीं रहे
    उदास घोंसले हैं
    उनके नग़मागर नहीं रहे
    समुन्दरों की वुसअतों को
    पी रही हैं बस्तियाँ
    इमारतों में चुन रही हैं
    पर्वतों की चोटियाँ
हर एक नदी को त्याग कर
जिला वतन हैं देवियाँ
    हवायें तेज़ गाम हैं
    ख़लायें बेलगाम हैं

मुआहिदा!
फ़लक से जो ज़मीं का था
नहीं रहा
दिलों के आस पास था जो रास्ता
नहीं रहा

नींद पूरे बिस्तर में नहीं होती

नींद पूरे बिस्तर में नहीं होती
वो पलँग के एक कोने में
दायें
या बायें
किसी मख़सूस तकिये की
तोड़ मोड़ में छिपी होती है
जब तकिये और गर्दन में
समझौता हो जाता है
तो आदमी चैन से
सो जाता है

दिल तराज़ू

भागती सुबहें
जागतीं रातें
बेख़बर राही
लापता राहें
    जिस्म से दूर
    जिस्म की टाँगें
    अपनी बीनाई से
    जुदा आँखें
दिल तराज़ू
दिमाग़ ब्योपारी
मुँह के अन्दर
ज़बान बाज़ारी
बेज़रूरत
ज़रूरतों का शुमार
आदमी आदमी का
कारोबार
हर तरफ़
शोर कर रही हैं मशीन
घर में
बाज़ार बन रही ज़मीन

☆

यूँ लग रहा है जैसे कोई आस पास है
वो कौन है जो है भी नहीं और उदास है

मुमकिन है लिखने वाले को भी ये ख़बर न हो
क़िस्से में जो नहीं है वही बात ख़ास है

माने न माने कोई हक़ीक़त तो है ये ही
चर्ख़ा है जिसके पास उसी की कपास है

इतना भी बन सँवर के न निकला करे कोई
लगता है हर लिबास में वो बेलिबास है

छोटा बड़ा है पानी ख़ुद अपने हिसाब से
उतनी ही हर नदी है यहाँ जितनी प्यास है

तअज्जुब रौशन है

जो शक्ल भी सामने आती है
कुछ ग़ायब है कुछ हाज़िर

उतना ही नज़र से ओझल है
जितना आँखों में ज़ाहिर है

ये धरती चलती रहती है
रफ़्तार बदलती रहती है

☆

जब देखो कोई और ही शय
हर शय से निकलती रहती है

हर देखे हुए में पोशीदा
जो अनदेखा है कितना है

देखो जो अगर तो कुछ भी नहीं
सोचो तो ये जीवन जितना है

हर लम्हा तअज्जुब रौशन है
रुख़सत हैरानी नहीं हुई

सदियों बूढ़े आकाश तले
ये ज़मीं पुरानी नहीं हुई

ज़िन्दगी की तरफ़

इंतेसाब

उस आदमी

के नाम

जो मैं खुद हूँ

सभी की नज़रों से ग़ायब था जो, वो हाज़िर था
किसी ने मुड़ के नहीं देखा आदमी की तरफ़

हर तरफ़ हर जगह बेशुमार आदमी
फिर भी तनहाइयों का शिकार आदमी

'ज़िन्दगी की तरफ़' निदा फ़ाज़ली का छठा मजमूआ-ए-कलाम है। इससे पहले उनकी पाँच किताबें 'लफ़्ज़ों का पुल', 'मोर नाच', 'आँख और ख़्वाब के दरमियाँ', 'खोया हुआ सा कुछ' और 'शहर मेरे साथ चल' शाये हो चुकी हैं। इनमें हर किताब के कई-कई एडिशन आ चुके हैं। निदा फ़ाज़ली शायरी के साथ अपनी तख़लीक़ी नस्र के लिये भी जाने जाते हैं। 'मुलाक़ातें' के बाद उनका सवानही नाविल (उसे जिल्दों में) 'दीवारों के बीच' और 'दीवारों के बाहर' नस्री अदब की अहम तख़लीक़ात हैं। 'चेहरे और तमाशा मेरे आगे' उनके नस्र निगारी के नये कारनामे हैं।

निदा फ़ाज़ली अवाम-ओ-ख़्वास के मुअत्तबिर और मक़बूल नाम हैं। वो मिज़ाज से बाग़ियाना, सेरिश्त से रंदाना और रिवाज से सूफ़ियाना हैं। शख़्सियत के उन मुतज़ाद रवैयों ने उन्हें बहुत से तारीख़ी व तहज़ीबी सवालों के रूबरू किया है। इंकार-ओ-इक़रार की कशमकश उनकी तहरीरों का उसलूब भी है और यही उन्हें दूसरों से मुख़तलिफ़ भी करता है। इन सवालों के तयशुदा या रायज जवाबों से वो गुरेज़ ही नहीं करते। ख़ुदा, इंसान और मुआशिरा के ताल्लुक़ से वो अपनी तरह से सोचते हैं और इस तरह सब की मुश्तरिक दुनिया में अपनी दुनिया की जुस्तजू और तामीर के मसाएल से उलझते रहते हैं। अपने इस अन्दाज़ की वजह से वो अकसर बहस-ओ-मुबाहिसा और इख़तिलाफ़ात का मौज़ूअ भी बनाये जाते रहे हैं। 'ज़िन्दगी की तरफ़' में इस तरफ़ यूँ इशारा किया गया है।

हुए सबके जहाँ में एक जब अपना जहाँ और हम
मुसलसल लड़ते रहते हैं ज़मीन-ओ-आसमान और हम

इंशा की ज़मीन में (बहम मिल बैठते हैं जब सआदत यार ख़ाँ और हम) अपनी ग़ज़ल के इस मतलअ में ज़मीन-ओ-आसमान के साथ जिस लड़ाई की तरफ़ इशारा है, वो इब्तेदा से ही उनकी पहचान रही है। फ़र्क़ सिर्फ़ इतना है पहले जो रंग हल्के और धीमे थे वो वक़्त के साथ ज़्यादा गहरे भी हुए और इस लड़ाई का दायरा भी वसीअ होता गया। उनके उसलूब की ये शिनाख़्त मौज़ूओ इज़हार के

पैरायों से भी होती है और शेअरी ज़बान की इस शिनाख़्त से भी होती है जो ईरानी असरात की जगह मुक़ामी और देसी रंग व मौसीक़ी से ज़्यादा क़रीब नज़र आती है। ग़ैर शेअरी ज़बान में, शेअरियत पैदा करके निदा फ़ाज़ली ने इस विरासत की बाज़याफ़्त की है जो लिसानी इरतेक़ा की पुरपेच राहों में कहीं छूट गयी थी। निदा फ़ाज़ली की शायरी का चेहरा मोहरा इसीलिए अपने हमअसरों से जुदा महसूस होता है। वो ज़मानी लेहाज़ से जदीद नस्ल के फ़नकार हैं। लेकिन उनकी क़िरअत में वो चश्मे शायद सूदमन्द न हों जो पूरे अहद को एक इजतेमाई इकाई के रूप में पढ़ने के आदी रहे हैं। निदा फ़ाज़ली अदब व मुआशिरा के ज़िन्दा रिश्तों और उनकी तहज़ीबी मअनवियत के शायर हैं। उनके यहाँ घर भी सालिम है, घर के रिश्ते भी ज़िन्दा हैं और उन रिश्तों से मुन्सलिक तारीख़ी अदवार भी रौशन हैं। उनकी शायरी ज़ात में कायनात की शिरकत का तरसीली अमल है। उसमें न माज़ी क़रीब से कोराना इनहेराफ़ है और न उसकी बुनियाद में वो नज़रियाती इख़तेलाफ़ कारफ़र्मा है जो तवील अर्से तक अदब में जदीदियत का मेअयार माना जाता था। इसमें अलग-अलग शक्लों में जो किरदार मरकज़ी अहमियत रखता है वो निचले मुतवस्सित तबक़े का वो फ़र्द है जिसके लिए अपनी शरायत पर ज़िन्दगी करना एक मुसलसल महाभारत के मुमासिल है। निदा फ़ाज़ली जिस महाभारत में शरीक हैं, वो कोरोपांडो के रज़मिया से इसलिए जुदा है कि इसमें कृष्ण के उपदेशों के रूप में किसी गीता की रहनुमाई नहीं है। इसमें वो ख़ुद ही अपने कृष्ण हैं और ख़ुद ही मैदान-ए-कारज़ार हैं। फ़र्द के वजूद में जारी इस पैकार में मुसलसल बनते-बिगड़ते दायरे ही निदा का फ़िकरी हिसार हैं। इसमें पंच-तंत्र जैसी तिलिस्मी फ़िज़ा है। इसमें दरख़्त बोलते हैं, परिन्दे बात करते हैं, नदियाँ कहानी सुनाती हैं, पहाड़ घूमते फिरते हैं, शहर किरदार निभाते हैं, तनहाइयाँ लोरियाँ गाती हैं, दीवारें तस्वीरें दिखाती हैं। उनकी ये दुनिया मुक़द्दस वेदों में बयान करदा इस दुनिया से मुशाबा है जिसमें ज़मीन छोटी-बड़ी हर शय के साथ एक दूसरे से जुड़ी हुई है।

आँगन में पेड़ हैं न परिन्दे हैं आसपास
तक़सीम हो गया है मेरा ख़ानदान क्या

उनकी इस दुनिया में कई दुनियायें आबाद हैं जो कहीं आँसू हैं कहीं फ़रियाद और कहीं-कहीं ख़्वाबों और हौसलों से आबाद हैं। इसीलिए उनके यहाँ फ़िक्री क़तइयत के बजाय वो कुशादगियाँ मिलती हैं जो बयक वक़्त कई ज़ावियों से मुरत्तिब हुई हैं। उनका शे'र है :

जितनी बुरी कही जाती है उतनी बुरी नहीं है दुनिया
बच्चों के स्कूल में शायद तुम से मिली नहीं है दुनिया

इसी दुनिया की एक और तस्वीर यूँ है :

जैसी जिसे दिखे ये दुनिया वैसी उसे दिखाने दो
अपनी अपनी नज़र है सबकी क्या सच है ये जाने दो

निदा फ़ाज़ली की तवज्जो का मरकज़ वो आम आदमी है जो तारीख़ के हर दौर में अशराफ़िया की बेतवज्जोही का शिकार रहा है। कभी नज़ीर के रूप में, कभी कबीर की सूरत में और जिसे ज़िन्दगी की जद्दोजहद में उन्होंने ख़ुद भी जिया है।

तारीख़ में महल भी है हाकिम भी तख़्त भी
गुमनाम जो हुए हैं वो लश्कर तलाश कर

इस आदमी के साथ उनके दर्दमंदाना जुड़ाव ने उनकी तख़लीक़ी ज़ेहानत को तामीर किया है। 'ज़िन्दगी की तरफ़' में एक बड़ा हिस्सा उन ग़ज़लों पर मुश्तमिल है जो असातज़ा की ज़मीनों में कही गयी हैं। इन ग़ज़लों के ज़रिये वो माज़ी, हाल की ज़मानी दूरियों को अपने अहद की हिस्सीयतों से रौशन करते नज़र आते हैं और इस तरह दो ज़मानों के दरमियान इंसानी इक़दार की बहाली का फ़र्ज़ निभाते हैं। ग़ज़लों का ये सफ़र 'ज़िन्दगी की तरफ़' में उन्होंने अमीर ख़ुसरो से शुरू किया है। इस सिलसिले की आख़िरी ग़ज़ल बीसवीं सदी की आख़िरी दहाई में दाग़ स्कूल के नुमाइंदा शायर दुआ डुबाइवी की ज़मीन में है। इस ग़ज़लों, नज़्मों और दोहों की किताब की एक ख़ुसूसियत और भी है जो इसे उनकी दूसरी किताबों से अलग करती है, निदा फ़ाज़ली अपने हर मजमूए में नये सिरे से अपना शेअरी तआरुफ़ कराते हैं। 'ज़िन्दगी की तरफ़' में भी वो नये अन्दाज़ में दिखाई देते हैं। मुख़्तलिफ़ मज़ाहिब और अक़ीदों के तलमीहाती इशारों को लफ़्ज़ों में पिरोने का ये तजुर्बा उनकी तख़लीक़ी ज़ेहानत के बतदरीज इरतेक़ा को ही ज़ाहिर नहीं करता, बदलते ओहद की पेचीदगियों को ग़ैर क़तई इज़हार भी अता करता है। ग़ज़लों के अशआर और नज़्मों के इक़्तेबासात में इस अंदाज़े बयाँ की एक झलक मुलाहिज़ा करें :

हर इक गिनती में जो कम हैं बहत्तर
उन्हीं की आँखों में देखा है अकसर

(नोकीला पत्थर)

घर के आँगन में ही बरगद भी है आईना भी
ख़ुद से मिलने को कहीं दूर न जाना साहब

वो साँप!
आदम को जिसके कारण
ख़ुदा ने जन्नत बदर किया था
ज़मीं पे ताली बजा रहा है

(साँप ताली बजा रहा है)

इन ग़ज़लों और नज़्मों के साथ, इसमें कुछ दोहे और एक गीत भी शामिल है। निदा फ़ाज़ली का शेअरी सफ़र क़सबाती नज़दीकियों से होता हुआ, शहर की दूरियों से गुज़रता हुआ आदमी की तरफ़ आया है। ये आम आदमी जो शुरू से उनका शेअरी हमसफ़र रहा है, इस मजमूए में उन मसाएल से नबर्द आज़मा नज़र आता है जो हमारे अहद क्रा नसीब हैं। निदा फ़ाज़ली ने इस नसीब के ख़िलाफ़ फ़नकाराना प्रोटेस्ट दर्ज किया है जो उनकी इसबाती सोच का रद्दे-अमल है।

शहर में किस किस से लेते इन्तेक़ाम
घर में आके सबसे पहले सो गये

नूह बहुत रोये

खुश था बन्दा
मार के पत्थर
बोला कुत्ता घायल होकर
नजस अगर मैं हूँ
तो क्योंकर?
तो है कैसे मुझसे बेहतर?
कोई कमतर है न बरतर
एक ही रब के हैं सब पैकर
नूह बहुत रोये ये सुनकर

नज़्म बहुत आसान थी पहले

नज़्म बहुत आसान थी पहले
घर के आगे
पीपल की शाख़ों से उछल के
आते जाते
बच्चों के बस्तों से निकल के
रंग बिरंगी
चिड़ियों की चहकार में ढल के
नज़्म मेरे घर जब आती थी
मेरे क़लम से, जल्दी जल्दी
ख़ुद को पूरा लिख जाती थी

अब सब मंज़र
बदल चुके हैं
छोटे छोटे चौराहों से
चौड़े रस्ते निकल चुके हैं
नये नये बाज़ार
पुराने गली मोहल्ले निगल चुके हैं
नज़्म से मुझ तक
अब कोसों लम्बी दूरी है
इन कोसों लम्बी दूरी में
कहीं अचानक

बम फटते हैं
कोख में माँओं के
सोते बच्चे कटते हैं
मज़हब और सियासत
दोनों
नये नये नारे रटते हैं
बहुत से शहरों
बहुत से मुल्कों से
अब चल कर
नज़्म मेरे घर जब आती है
इतनी ज़्यादा थक जाती है
मेरे लिखने की टेबल पर
ख़ाली कागज़ को
ख़ाली ही छोड़ के रुख़्सत हो जाती है
और किसी फुटपाथ पे जाकर
शहर के सबसे बूढ़े शहरी की
पलकों पर!
आँसू बन कर सो जाती है

ख़ुदा तू है कहाँ

ख़ुदा तू है कहाँ?
तेरी बहुत
मुझको ज़रूरत है
तेरे होते हुए तो
वक़्त पर सूरज निकलता था
हवा पेड़ों में रहती थी
नदी खेतों में बहती थी
अकेले रास्तों में
चाँद साथी बन के चलता था
तेरे होते हुए तो
हर भँवर के बीच साहिल था
तेरे होते हुए तो
तू था हक़
शैतान बातिल था
कई नामों से तू
हर एक रस्मुल-ख़त में शामिल था
कहीं यूँ तो नहीं!
तू अब नहीं
इन आस्तानों में
बुज़ुर्गों से जहाँ
मिलता था तू

अगले ज़मानों में
ज़मीं को छोड़ कर
तू किस लिए है आसमानों में
मोहब्बत! दरबदर!
बेआसरा!
हर इक इबादत है
खुदा तू है कहाँ
तेरी बहुत
मुझको ज़रूरत है

इमारत में सराय

न अब वो
तुम हो पहले सी
न अब वो
मैं हूँ पहले सा
यूँ ही बहती हुई नदियाँ
नयी सिमतें बदलती हैं
यूँ ही धरती की सीमायें
नये मुल्कों में ढलती हैं
ये ऊँची जो इमारत है
यहाँ पहले सराय थी
कई अनजान राहों से
मुसाफ़िर इसमें आते थे
वो अपनी बोलियों में बेवतन
नग़मे सुनाते थे
वो अपनी अपनी पोशाकों में
बाज़ारों में जाते थे
सभी अपनी किताबों से
ख़ुदा का नूर गाते थे

मुसाफ़िर जा चुके हैं
लेकिन

उनकी बोलियाँ
उनके अक़ीदे
उनकी पोशाकें
यहीं मिट्टियों में
पानियों में
अब भी ज़िन्दा हैं
ये ही मिट्टी ये ही पानी
किसी के गीत गाने में
ये ही मिट्टी ये ही पानी
नया रस्ता बनाने में
ये ही मिट्टी, ये ही पानी

सराय की जगह
ऊँची इमारत जगमगाने में
हमेशा एक सा रहता नहीं
कुछ ज़माने में

नोकीला पत्थर

गली के मोड़ पर
नोकीला पत्थर
लिये बैठा है
जो ठोकर पे ठोकर
सिपाही हो
कि शायर
या क़लन्दर
निकलते हैं सभी अब
उससे बच कर
सभी!
महफ़ूज़ राहों के हैं ख़ूगर
हर इक गिनती में
जो कम हैं बहत्तर
उन्हीं की
आँखों में देखा है अक्सर
गली के मोड़ का
नोकीला पत्थर
जहाँ पहले था
है अब भी वहीं पर

अभी कुछ और क़िस्सा है

(मुक़द्दस इंजील के मुताबिक़ हज़रत ईसा मसलूब होने के बाद दोबारा ज़ाहिर हुए)

नहीं!
ठहरो!!
अभी पर्दा नहीं खींचो!
ड्रामा ख़त्म होने में
अभी कुछ सीन बाक़ी हैं
यहाँ तक तो
वो मुजरिम है
जो सूली पर लटकता है
यहाँ तक तो
बदन है वो
जो कीलों से कसकता है
यहाँ तक तो
वो ग़म है
माँ की आँखों से छलकता है
जो अब तक हो चुका है
खेल का वो एक हिस्सा है
यहाँ से आगे
जो लिखा है
वो कुछ और क़िस्सा है

तमाशे को तमाशाई
यहीं गर छोड़ बैठेंगे
जो रिश्ता
ज़िन्दगी का मौत से है
तोड़ बैठेंगे

गीत

तू!
तू है मेरी जाँ
तू है मेरा दिल ज़िन्दगी
क्यों!
खोई हुई है
आके कभी मिल ज़िन्दगी
जब भी मिली है, ऐसे मिली है
जैसे ख़फ़ा है तू
तन में छुपी है, मन में भरी है
फिर भी जुदा है तू
मैं तेरा गीत हूँ
तू मेरी रागिनी....
अपनी धुन में कभी, मुझको गा ज़िन्दगी
तू ही सज़ा है तू ही जज़ा है
कैसी अदा है तू
कभी ख़ला में, कभी सदा में
कभी हवा है तू
मेरे पैरों से चल

मेरी साँसों में ढल
अनकही अनसुनी, कुछ सुना ज़िन्दगी
तू!
तू है मेरी जाँ
तू है मेरा दिल ज़िन्दगी

उनके नाम नहीं होते

दूसरों के लिए
लड़ने वालों के नाम नहीं होते
वो मुक़ामों से जाने जाते हैं
कालिंगा
वेतनाम
अफ़ग़ानिस्तान
बग़दाद
दूसरों के लिए
मरने वालों के नाम नहीं होते
वो तादाद से पहचाने जाते हैं
तीन लाख
एक लाख
बीस हज़ार

तुम्हें सलाम

तुम घर के आगे की सड़क के
छोटे से हिस्से पर झाड़ू
लगा रहे हो

तुम खेत में
थोड़े से बीज बिखेर के
हल चला रहे हो

तुम पास की नदी से
अपने लिए
गागर भर पानी ला रहे हो

तुम हक़ीक़त में
मैली होती दुनिया के
एक हिस्से को जगमगा रहे हो
तुम हक़ीक़त में
चारों तरफ़ फैली भूख में
थोड़ी सी भूख मिटा रहे हो

तुम हक़ीक़त में
संसार भर प्यास को

गागर भर पानी पिला रहे हो

तुम ख़ामोशी से
ज़िन्दगी के क़र्ज़ को
आसान क़िस्तों से चुका रहे हो

तुम्हें सलाम!

अपना दायरा

तुम!
उन्हें रोक तो नहीं सकते
जो!
उजालों को काला करते हैं
छीन कर जंगलों से
साँपों को
आस्तीनों में पाला करते हैं
अपने गमलों में
प्यासे फूलों को
थोड़ा
पानी पिला तो सकते हो
किसी बच्चे की दौड़ में
उलझी
कोई तितली
छुड़ा तो सकते हो
बिजली घर के
दुरुस्त होने तक
मोमबत्ती
जला तो सकते हो

नये खिलौने

फ़ौज का
गोरा सिपाही
टैंक में
बैठी तबाही
जंग में
लड़ती ग़रीबी
तख़्त पर ज़िल्ले इलाही
मेरे घर में
मेरी बेटी
उन खिलौनों की ज़बानी
इक कहानी लिख रही है
इस कहानी में
वो ख़ुद को
घर की रानी लिख रही है
और वो जो
उसके घर में
काम वाली की है बेटी
उसको
अपनी नौकरानी लिख रही है
वो
नयी तहरीर में
बातें पुरानी लिख रही है

मेरी माँ है वो?

क्या पता
कौन थी
कहाँ है वो
जन्म देते ही
छोड़ कर मुझको
एक मुद्दत से लापता है जो
लोग कहते हैं मेरी माँ है वो
आईना
रोज़ मुझसे कहता है
मेरी आँखों में
उसकी आँखें हैं
होंठ उसके हैं
मेरे होंठों में
लोच है उसका
मेरी बाँहों में
कौन सी बोली बोलती थी वो?
किस इलाक़े से
उसको निसबत थी?
एक शब को
वो जिसकी चाहत थी
उस मुसाफ़िर की

कैसी सूरत थी?
ख़ैर छोड़ो!
पुरानी बातों को
कैसा शजरा?
कहाँ के दीन धर्म
ख़ून तो जिस्म ही बनाता है
जिस्म को
शख़्सियत बनाने में
सिर्फ़
माहौल काम आता है
मैं जहाँ हूँ
वही है घर मेरा
इसी घर में
रिवाज है मेरा
इसी घर से
समाज है मेरा

मामूली पुर्ज़ा

वो एक मामूली
छोटा मोटा
ज़रा सा पुर्ज़ा
गिरे अगर हाथ से
तो पहरों नज़र न आये
निगाह ढूँढ़े जिधर
उछल के उधर न जाये
वो कब
किसी के शुमार में था
वो कब
किसी की क़तार में था
मगर ये कल
इश्तेहार में था
इस एक मामूली
छोटे मोटे
ज़रा सा पुर्ज़े ने
सर उठाकर
विशाल हाथी सी

गड़गड़ाती
मशीन को बन्द कर दिया है
वो एक मामूली
छोटा मोटा
ज़रा सा पुर्ज़ा

साँप ताली बजा रहा है

जो तुझसे पहले
जो मुझसे पहले
कभी हुआ था
जो तूने अजदाद से सुना है
जो मैंने
तारीख़ में पढ़ा है
वो!
जब हुआ था
हुआ जहाँ था
न तू वहाँ था
न मैं वहाँ था
मगर अभी तक
सुना हुआ वो...
पढ़ा हुआ वो
कभी मेरे घर के रात दिन को
सता रहा है
कभी तेरे रास्तों में काँटे
बिछा रहा है
ख़ुदा है चुप आसमाँ में

लेकिन
वो साँप
आदम को जिसके कारण
खुदा ने जन्नत बद्र किया था
ज़मीं पे ताली बजा रहा है

फ़्लैश बैक

गुज़री जो बीच रस्ते से बिल्ली
तो यूँ लगा
पायल बजाती
दौड़ रही है कोई गली

झुरमट में फ़ाख़्ताओं के
उड़ती हुई
हँसी

बादल में सरसराती
दोपट्टों की
चाँदनी

आँसू भरी है आँख
कि खुलती हुई
कली
लाली लहू की
काली घटाओं के
आस पास

चाय के कप में

करघा चलाता
कबीरदास
देखा हुआ
बदलता है
यूँ देखने के बाद
होता है
कोई सामने
आता है कोई याद

ग़ज़लें

(असातज़ा की ज़मीनों में)

तारीख़ में लिखा नहीं जाता अवाम को
उनके लिए बुज़ुर्गों के अशआर देखना

जो यार देखा नैन भर मन की गयी चिन्ता उतर

(अमीर ख़ुसरो)

मन्दिर भी था उसका पता, मस्जिद भी थी उसकी ख़बर
भटके इधर अटके उधर, खोला नहीं अपना ही घर

कुछ दूर तक रस्ता भी था, पर्वत भी था, दरिया भी था
फिर यूँ हुआ अपने सिवा आया नहीं कुछ भी नज़र

वो रूप था या रंग था, हर पल जो मेरे संग था
मैंने कहा तू कौन है, उसने कहा तेरी नज़र

मेला लगा था हर जगह, बनता गया वो मसअला
कुछ ने कहा वो है इधर कुछ ने कहा वो है उधर

कल रात कुछ ऐसा हुआ अब क्या कहूँ कैसा हुआ
मेरा बदन बिस्तर पे था, मैं चल रहा था चाँद पर

हमन है इश्क़ मस्ताना हमन को होशियारी क्या

(कबीरदास)

ये दिल कुटिया है सन्तों की यहाँ राजा भिखारी क्या
वो हर दीदार में ज़रदार है, गोटा किनारी क्या

सभी के सामने इक आईना है अपनी सूरत का
इसी सूरत की सबको जुस्तजू है यारा यारी क्या

इसी के चलने फिरने हँसने रोने की हैं तस्वीरें
घटा क्या, चाँद क्या, संगीत क्या, बादे बहारी क्या

ये काटे से नहीं कटते, ये बाँटे से नहीं बँटते
नदी के पानियों के सामने आरी कटारी क्या

किसी घर के, किसी बुझते हुए चूल्हे में ढूँढ़ इसको
जो चोटी और दाढ़ी तक रहे वो दीनदारी क्या

हमारा मीर जी से मुत्तफ़िक़ होना है नामुमकिन
उठाना है जो पत्थर इश्क़ का तो हल्का भारी क्या

यूसुफ़ गुम सो फिर आगा अब-ब-क्नआं ग़म न खा

(कुली कुतुब शाह)

काम जो दुश्वार है वो होगा आसाँ ग़म न खा
आदमी के ख़ोल से निकलेगा इंसाँ ग़म न ख़ा

क्या हुआ जो उठ गये सारे तबीबों के मुतिब
दर्द के अन्दर ही पोशीदा है दरमाँ ग़म न खा

जब तलक तू है तो अपने मौसमों पर रख नज़र
तुझसे पहले भी ज़मीं पर था गुलिस्ताँ ग़म न खा

ख़ुश्क झीलों पर उतरते हैं परिन्दे रोज़ कब
फिर किसी मौसम बदलने का है इमकाँ ग़म न खा

फ़ाख़ाता आयेगी फिर से फैल जायेगी बबूल
जो है तुझमें वो ही है तेरा निगहेबाँ ग़म न खा

तुझ हुस्न सूँ उरूस बनी सब जहान किया

(मुल्ला नुसरती)

यूँ देखता है बैठा हुआ आसमान क्या
वो एक ही मकान है सारा जहान क्या

जिसको भी देखिये वो सनदयाफ़्ता है आज
अब मकतबों में होते नहीं इम्तेहान क्या

आँगन में पेड़ हैं, न परिन्दे हैं आस पास
तक़सीम हो गया है मेरा ख़ानदान क्या

पहली सी वो ज़मीन, न वो आसमान है
मेरे लिये उदास है सारा जहान क्या

तस्वीर जैसे बोलते कूचे वो क्या हुए
दिल्ली से मीर ले गये अपनी ज़बान क्या

ये राम कहानी है न आराम कहानी

(क़ाज़ी महमूद बहरी)

फिर गोया हुई शाम परिन्दों की ज़बानी
आओ सुनें मिट्टी से ही मिट्टी की कहानी

वाक़िफ़ नहीं अब कोई समुन्दर की ज़बाँ से
सदियों की मुसाफ़त को सुनाता तो है पानी

उतरे कोई महताब कि कश्ती हो तहे आब
दरिया में बदलती नहीं दरिया की रवानी

कहता है कोई कुछ तो समझता है कोई कुछ
लफ़्ज़ों से जुदा हो गये लफ़्ज़ों के मआनी

इस बार तो दोनों थे नयी राहों के राही
कुछ दूर ही हमराह चलें यादें पुरानी

मेहमान कभी ऐसा भी आ जाता है घर में
कुछ दिन को, नयी लगती है हर चीज़ पुरानी

जिसे इश्क़ का तीर-कारी लगे

(वली दक्किनी)

(बेटी के लिए ग़ज़ल)

जिसे देखते ही ख़ुमारी लगे
उसे उम्र सारी हमारी लगे

उजाला सा है उसके चारों तरफ़
वो नाजुक बदन पाँव भारी लगे

वो ससुराल से आयी है मायके
उसे जितना देखो वो प्यारी लगे

हसीन सूरतें और भी हैं मगर
वो सब सैकड़ों में हज़ारी लगे

चलो इस तरह से सजायें उसे
ये दुनिया हमारी तुम्हारी लगे

उसे देखना शेअरगोई का फ़न
उसे सोचना दीनदारी लगे

जिसने क़दम उठाया उसने निशाँ बनाया

(सौदा)

छः दिन लगा के उसने सारा जहाँ बनाया
तुझ जैसा और कोई फिर भी कहाँ बनाया

दोनों का वक़्त है अब तारीख़ की इबारत
उसने शजूर उगाये उसने धुआँ बनाया

जंगल पहाड़ दरिया उसकी करम नवाज़ी
उनको घटा बढ़ाकर मैंने जहाँ बनाया

साधू ने छोड़ा सबको मैंने भी ढूँढ़ा रब को
उसने बसाया जंगल मैंने मकाँ बनाया

अलफ़ाज़ को लुग़त की मीरास थे सभी के
मेरी ग़ज़ल ने उनको मेरी ज़बाँ बनाया

सूरज बुझा तो मैंने रौशन किया दिये को
आँधी थमी तो मैंने फिर आशियाँ बनाया

कहते हैं सोज़ सोज़ जो यूँ ही सदा जला करो

(मीर सूज़)

अच्छी नहीं ये ख़ामशी शिकवा करो गिला करो
यूँ भी न कर सको तो फिर घर में ख़ुदा ख़ुदा करो

शोहरत भी उसके साथ है दौलत भी उसके हाथ है
ख़ुद से भी वो मिले कभी उसके लिए दुआ करो

देखो ये शहर है अजब, दिल भी नहीं है कम ग़ज़ब
शाम को घर जो आऊँ मैं थोड़ा सा सज लिया करो

दिल में जिसे बसाओ तुम, चाँद उसे बनाओ तुम
वो जो कहे पढ़ा करो, जो न कहे सुना करो

मेरी नशिस्त पे भी कल आयेगा कोई दूसरा
तुम भी बना के रास्ता मेरे लिए जगह करो

इस्लाम छोड़ कर कुफ़्र लिया फिर किसी को क्या

(नज़ीर)

जो भी किया, क्या न किया, फिर किसी को क्या
ग़ालिब उधार ले के जिया फिर किसी को क्या

दरिया के पार कुछ नहीं लिखा हुआ तो था
दरिया को फिर भी पार किया फिर किसी को क्या

उसके कई ठिकाने थे लेकिन जहाँ था मैं
उसको वहीं तलाश किया फिर किसी को क्या

होगा वो देवता मेरे घर में तो साँप था
ख़तरा लगा तो मार दिया फिर किसी को क्या

अल्लाह अरब में फ़ारसी वालों में वो ख़ुदा
मैंने जो माँ का नाम लिया फिर किसी को क्या

आशना का क्या गिला ना-आशना के सामने

(नासेख़)

कोई ऐसा भी ख़ुदा वाला ख़ुदा के सामने
रखता जाये जो चिराग़ों को हवा के सामने

कल बहत्तर थे मगर है आज लाखों का शुमार
हर तरफ़ अब करबला है करबला के सामने

हो सके तो अपने अन्दर की ज़मीं हमवार कर
भर चुकी जितनी जगह थी हर जगह के सामने

चन्द घड़ियों की नुमाइश है मरातिब की क़तार
फिर सभी मिट्टी में मिट्टी हैं क़ज़ा के सामने

जब भी जिससे भीख मिल जाये वही दस्ते ख़ुदा
एक जैसे काबा काशी हैं गदा के सामने

हम तो इस जीने के हाथों मर चले

(मीर दर्द)

जिस तरफ़ वो मेरा जादूगर चले
उस तरफ़ उठ उठ कर हर मंज़र चले

कौन गुज़रा है नदी के घाट से
सीपियों को छोड़ कर गोहर चले

जिसे भी मिलने गये हम सादा दिल
साथ उसको घर से ही लेकर चले

शाम होते ही पहाड़ों की तरफ़
छोड़ कर दीवार-ओ-दर पत्थर चले

उसको पाया तो नहीं ढूँढ़ा किए
हम से जितना हो सका वो कर चले

वज़अ-ए-दुनियाये ज़माना है तबीयत के ख़िलाफ़

(रंद)

मेरी तेरी दूरियाँ हैं इबादत के ख़िलाफ़
हर तरफ़ है फ़ौज आराई मोहब्बत के ख़िलाफ़

ख़ून-ए-दार, क़त्ले सरमद के अलावा शहर में
कौन है जो सर उठाये बादशाहत के ख़िलाफ़

पहले जैसा ही दुखी है आज भी बूढ़ा कबीर
कोई आयत का मुख़ालिफ़ कोई मूरत के ख़िलाफ़

मैं भी चुप हूँ तू भी चुप है बात ये सच है मगर
हो रहा है जो भी वो तो है तबीयत के ख़िलाफ़

मुद्दतों के बाद देखा था उसे, अच्छा लगा
देर तक हँसता रहा वो अपनी आदत के ख़िलाफ़

जाना जाना जल्दी क्या है इन बातों को जाने दो

(रंद)

जैसी जिसे दिखे ये दुनिया, वैसी उसे दिखाने दो
अपनी अपनी नज़र है सबकी क्या सच है ये जाने दो

हर पैमाइश रफ़्तारों से घटती बढ़ती रहती है
मुझको भी अपने पैरों से, थोड़ा चल कर आने दो

फूलों को ऐसे मत तोड़ो, मौसम पर भी कुछ छोड़ो
शाख़ों पर खिलने वालों को शाख़ों पर मुरझाने दो

वक़्त से कह दो अभी न बोले, क्या होना है क्या होगा
जिनके पास है घर का नक़्शा उनको घर बनवाने दो

लहर लहर पर लिखा हुआ है आज भी, कल भी परसों भी
दरिया को पढ़ना चाहो तो सूरज को ढल जाने दो

दिल पाके उसकी ज़ुल्फ़ में आराम रह गया

(क़ायम चाँदपुरी)

कोशिश के बावजूद ये इल्ज़ाम रह गया
हर काम में हमेशा कोई काम रह गया

छोटी थी उम्र और फ़साना तवील था
आग़ाज़ ही लिखा गया अंजाम रह गया

उठ उठ के मस्जिदों से नमाज़ी चले गये
दहशतगरों के हाथ में इस्लाम रह गया

उसका क़सूर ये था बहुत सोचता था वो
वो कामयाब होके भी नाकाम रह गया

अब क्या बतायें कौन था, क्या था वो एक शख़्स
गिनती के चार हरफ़ों का जो नाम रह गया

निरा बुरा नहीं ये मशग़ला भला भी है

(इनामुल्लाह यक़ीन)

वो ख़ुश लिबास भी ख़ुश दिल भी ख़ुश अदा भी है
मगर वो एक है क्यों इससे ये गिला भी है

हमेशा मन्दिर-ओ-मस्जिद में वो नहीं रहता
सुना है बच्चों में छुप कर वो खेलता भी है

न जाने एक में उस जैसे और कितने हैं
वो जितना पास है उतना ही वो जुदा भी है

वही अमीर जो रोज़ी रसाँ है आलम का
फ़क़ीर बन के कभी भीख माँगता भी है

अकेला होता तो कुछ और फ़ैसला होता
मेरी शिकस्त में शामिल मेरी दुआ भी है

बहम मिल बैठते हैं जब सआदत यार ख़ाँ और हम

(इंशा)

हुए सब के जहाँ में, एक जब अपना जहाँ और हम
मुसलसल लड़ते रहते हैं ज़मीन-ओ-आसमाँ और हम

कभी आकाश के तारे ज़मीं पर बोलते भी थे
कभी ऐसा भी था जब साथ थीं तनहाइयाँ और हम

सभी इक दूसरे के दुख में सुख में रोते हँसते थे
कभी थे एक घर के चाँद सूरज नदियाँ और हम

मोअर्रिख़ की क़लम के चंद लफ़्ज़ों सी है ये दुनिया
बदलती है हर इक युग में हमारी दास्ताँ और हम

दरख़्तों को हरा रखने के ज़िम्मेदार थे दोनों
जो सच पूछो बराबर के हैं मुजरिम बाग़बाँ और हम

जिसको किसू ने सब्ज़ न देखा बहार में

(मीर सोज़)

आयेगा कोई चल के ख़िज़ाँ से बहार में
सदियाँ गुज़र गयी हैं उसी इन्तेज़ार में

छिड़ते ही साज़ बज़्म में कोई न था कहीं
वो कौन था जो बोल रहा था सितार में

ये और बात है कोई महके कोई चुभे
गुलशन तो जितना गुल में है उतना है ख़ार में

अपनी तरह से दुनिया बदलने के वास्ते
मेरा ही इक घर है मेरे अख़्तियार में

तिश्ना लबी ने रेत को दरिया बना दिया
पानी कहाँ था वर्ना किसी रेग ज़ार में

मसरूफ़ गोरकन को भी शायद पता नहीं
वो ख़ुद खड़ा हुआ है क़ज़ा की क़तार में

ठानी थी दिल में अब न मिलेंगे किसी से हम

(मोमिन)

जबसे क़रीब होके चले ज़िन्दगी से हम
ख़ुद अपने आईने को लगे अजनबी से हम

कुछ दूर चल के रास्ते सब एक से लगे
मिलने गये किसी से मिल आये किसी से हम

अच्छे बुरे के फ़र्क़ ने बस्ती उजाड़ दी
मजबूर हो के मिलने लगे हर किसी से हम

शाइस्ता महफ़िलों की फ़िज़ाओं में ज़हर था
ज़िन्दा बच्चे हैं ज़ेहन की आवारगी से हम

अच्छी भली थी दुनिया गुज़ारे के वास्ते
उलझे हुए हैं अपनी ही ख़ुद आगही से हम

जंगल में दूर तक कोई दुश्मन न कोई दोस्त
मानूस हो चले हैं मगर बम्बई से हम

दिल-ए-नादाँ तुझे हुआ क्या है

(ग़ालिब)

ये न पूछो कि वाक़ेआ क्या है
किसकी नज़रों का ज़ाविया क्या है

सब हैं मसरूफ़ कौन बतलाये
आदमी का अता पता क्या है

चलता जाता है कारवान-ए-हयात
इब्तेदा क्या है इंतेहा क्या है

जो किताबों में है वो सबका है
तू बता तेरा तजुर्बा क्या है

कौन रुख़सत हुआ ख़ुदाई से
हर तरफ़ ये ख़ुदा ख़ुदा क्या है

सुनता नहीं किसू ही की वो याद देखना

(जहाँ दारशाह)

दो चार गाम राह को हमवार देखना
फिर हर क़दम पे इक नयी दीवार देखना

आँखों की रौशनी से है हर संग आईना
हर आईना में ख़ुद को गुनहगार देखना

हर आदमी में होते हैं दस बीस आदमी
जिसको भी देखना हो कई बार देखना

मैदाँ की हार जीत तो क़िस्मत की बात है
टूटी है किसके हाथ में तलवार देखना

दरिया के उस किनारे सितारे भी फूल भी
दरिया चढ़ा हुआ हो तो इस पार देखना

अच्छी नहीं है शहर के रस्तों से दोस्ती
आँगन में फैल जाये न बाज़ार देखना

गुले तर को हवस ख़ार न होने पाये

(शिबली नोअमानी)

दूसरों के लिए आज़ार न होने पाये
आदमी इतना भी ख़ुद्दार न होने पाये

ज़िन्दगी जैसी है वैसी ही नज़र आने लगे
इस क़द्र भी कोई होशियार न होने पाये

किसी मन्दिर किसी मस्जिद की ज़रूरत है यहाँ
मुफ़लिसी ख़ुद से ही बेज़ार न होने पाये

हर अदालत उसी मुजरिम को बरी करती है
जुर्म करके जो गुनहगार न होने पाये

कहीं उड़ने दो परिन्दे, कहीं उगने दो दरख़्त
हर जगह एक सा बाज़ार न होने पाये

उसके होने की हैं तावीलें सभी की अपनी
किसी तकरार में इंकार न होने पाये

ऐसा आसाँ तो नहीं दिल लगाना साहब

(मीर मेहदी मजरूह)

ढूँढ़िये फिर कोई जीने का बहाना साहब
लौट के आता नहीं गुज़रा ज़माना साहब

ज़िन्दगी से बड़ी होती नहीं कोई लैला
क़ैस के दौर में आशिक़ था पुराना साहब

घर के आँगन में ही बरगद भी है आईना भी
ख़ुद से मिलने को कहीं दूर न जाना साहब

धूप तो धूप है फिर उसकी शिकायत कैसी
अब की बरसात में कुछ पेड़ उगाना साहब

बादबाँ बाँध के किश्ती को किनारे पे रखो
इक न इक रोज़ तो होना है रवाना साहब

इरादा बाँधने तक मेरी अपनी ज़िम्मेदारी है
फिर उसके बाद जो हो उस पे पछताना नहीं आता

दिल-ए-नादाँ को समझायें कहाँ तक

(शेफ़्ता)

बतायें क्या, कहाँ से हैं कहाँ तक
ज़मीं पर वक़्त है जब से जहाँ तक

नहीं आसान इतना ख़ुद से मिलना
ये रस्ता है ज़मीं से आसमाँ तक

सफ़र में लामकाँ बनता गया वो
मैं समझा था उसे उसके मकाँ तक

मेरी तारीख़ हर आलम हर आलम का क़िस्सा
मेरा जोग़राफ़िया हिन्दुस्तान तक

मुझे बाँटा गया कुछ इस तरह से
मेरे मुँह में नहीं मेरी ज़बाँ तक

हमारी बस्तियों के क़िस्से को गुम हो गये शायद
ज़मीं पर अब फ़लक से कोई अफ़साना नहीं आता

तमाम तर्ज़े सुख़न है बयान से बाहर

(औसत अली रश्क)

तलाश कर न ज़मीं आसमान से बाहर
नहीं है राह कोई इस मकान से बाहर

बस एक दो ही क़दम और थे सफ़र वाले
थकान देख न पायी थकान से बाहर

निसाब दरजा बदरजा यूँ ही बदलता है
हुआ न कोई कभी इमतेहान से बाहर

उसी की जुस्तजू अक्सर उदास करती है
वो इक जहान जो है हर जहान से बाहर

नमाज़ियों से कहो देखें चाँद सूरज को
निकल रहे हैं मोअज़्ज़िन अज़ान से बाहर

बात पर बात कही जाती है

(हुज़ूर अज़ीम आबादी)

जिसके आगे से नदी जाती है
वो हवेली भी डही जाती है

वो हक़ीक़त जो थी कहानी सी
अब किताबों में पढ़ी जाती है

एक के बाद एक दौर नया
यूँ ही तारीख़ लिखी जाती है

रौशनी ख़त्म कहाँ होती है
शमअ से शमअ जली जाती है

बहता रहता है नदी का पानी
मौज आती है चली जाती है

हर क़दम पर यहाँ डरो साहब

(हुसैन अली तास्सुफ़)

मौलवी जो कहे सुना साहब
अपने दिल में ख़ुदा रखो साहब

अरबी आयतें मुक़द्दस हैं
उनको उर्दू में भी पढ़ो साहब

माँ की तस्वीर बाप की तहरीर
अपनी मीरास में लिखो साहब

दायें बायें शरीर गलियाँ हैं
देख कर रास्ता चलो साहब

एक चेहरा था सारा शहर कभी
अब है वो किसका घर लिखो साहब

देवता पत्थरों के होते हैं
तुम तो शिकवा गिला करो साहब

मबतिलाये ग़म व जफ़ा मत कर

(मुहम्मद ख़ाँ फ़ायज़)

जो भला है उसे बुरा मत कर
ख़ुद से भी बारहा मिला मत कर

ये है बस्ती उदास लोगों की
क़हक़हा मार कर हँसा मत कर

बाग़ है दिल फ़रेब दोनों से
फूल को ख़ार से जुदा मत कर

रोज़ की लाअन ताअन ठीक नहीं
घर में आईने को रखा मत कर

चेहरा मोहरा बदलता रहता है
इतनी जल्दी भी फ़ैसला मत कर

जीता तो अब तलक कोई वाँ से फिरा नहीं

(हैदर बख़्श हैदरी)

यूँ तो कोई कमी नहीं सब कुछ है क्या नहीं
देखे हुए में सोचा हुआ ही मिला नहीं

रस्ते का पेड़ उखड़ने से दिल ग़मज़दा तो है
उसकी खुशी भी है कि वो मुझ पर गिरा नहीं

जो हो चुका है उसका ही मातम है हर जगह
होना है जो अभी वो किसी को पता नहीं

तेरी समाअतों में भी बस्ती का शोर था
ख़ामोशियों को मैंने भी अपनी सुना नहीं

डाली से इक परिन्दा उड़ा किस तरफ़ गया
अब जाने कब इधर से गुज़र हो पता नहीं

वो आँख उठा के नहीं देखते परी की तरफ़

(अकबर इलाहाबादी)

कोई किसी की तरफ़ है कोई किसी की तरफ़
कहाँ है शहर में अब कोई ज़िन्दगी की तरफ़

सभी की नज़रों से ग़ायब था जो, वो हाज़िर था
किसी ने मुड़ के नहीं देखा आदमी की तरफ़

तमाम शहर की शमयें इसी से रौशन थीं
कभी उजाला, बहुत था किसी गली की तरफ़

कहीं की भूख हो हर खेत उसका अपना है
कहीं की प्यास हो जाएगी वो नदी की तरफ़

न निकले ख़ौर से अल्लामा क़ौल से बाहर
लगाना टूट गये जब चले ख़ुदी की तरफ़

ये शीशा नहीं चोट खाने के क़ाबिल

(मुहम्मद जान शाद लखनवी)

बनाया था ख़ुद को ज़माने के क़ाबिल
मगर क्या ज़माना था पाने के क़ाबिल

मुकम्मल हुई दास्ताँ तो ये जाना
बहुत कुछ है उसमें भुलाने के क़ाबिल

हमेशा तो दिल में रहेगा न कोई
ज़मीं ढूँढ़िये घर बनाने के क़ाबिल

मोहब्बत नज़र बाँध देती है वर्ना
हसीं थे बहुत दिल लगाने के क़ाबिल

हँसी आज आती है उन हादसों पर
जो कल तक थे रोने रुलाने के क़ाबिल

चलो बुत किसी का यहाँ नस्ब कर दें
ये रस्ता नहीं आने जाने के क़ाबिल

दिल है तो दिल के वास्ते दिलबर तलाश कर

(दुआ डबाइवी)

नज़दीकियों में दूर का मंज़र तलाश कर
जो हाथ में नहीं है वो पत्थर तलाश कर

कोशिश भी कर, उम्मीद भी रख, रास्ता भी चुन
फिर उसके बाद थोड़ा मुक़द्दर तलाश कर

तारीख़ में महल भी है, हाकिम भी, तख़्त भी
गुमनाम जो हुए हैं वो लश्कर तलाश कर

सूरज के आस पास भटकने से फ़ायदा
दरिया हुआ है गुम तो समन्दर तलाश कर

उसका ही अक्स तो नहीं दुश्मन के हाथ में
तुझमें छुपा न हो कोई ख़ंजर तलाश कर

रहता नहीं है कुछ भी सदा एक सा यहाँ
दरवाज़ा घर का खोल के फिर घर तलाश कर

दोहे

फूटी किरण अज़ान की, जागे पंछी ढोर
चिड़ियों के चहकार में करे तिलावत भोर

ईसा अल्लाह ईश्वर सारे मंतर सीख
जाने कब किस नाम से मिले ज़्यादा भीख

मुंशी धनपत राय तो टँगे हैं बन के याद
सुनने वाला कौन है, होरी की फ़रियाद

घर वाले घर पर लिखें, विलियम अर्जुन ख़ान
मिट्टी से मिट्टी कहे सारे एक समान

नक़्शा ले कर हाथ में, बच्चा है हैरान
कैसे दीमक खा गयी उसका हिन्दुस्तान

कोई तेरे सामने कोई मेरे बाद
खो जाता है आदमी रह जाती है याद

ये है कैसा मोअज्ज़ा, कफ़न दफ़न के बाद
चलता फिरता हर जगह मिलता है बग़दाद

आँखों से आँखों तलक रस्ता है हमवार
दिल से दिल का फ़ासला लेकिन है दुश्वार

निर्मल निश्चल प्रेम था, या हाथों में स्वाद
हर भाजी हर दाल में माँ आती है याद

गिरजा में ईसा बसें, मस्जिद में रहमान
माँ के पैरों से चले हर आँगन भगवान

कुछ और

ग़ज़ल

जो होता आ रहा है अब कहीं ऐसा नहीं होगा
कभी तो मिल के सब बोलो नहीं ऐसा नहीं होगा

न जाने अब वो कैसी हो, मगर जब उसको देखा था
यक़ीं है आज भी कोई हसीं ऐसा नहीं होगा

तुम्हारे अस्लहों पर चाहे जो भी नाम लिखा हो
मगर मेरा तो रब्बुल आलमीं ऐसा नहीं होगा

जहाँ सैलाब आता है वहाँ किश्ती भी होती है
उतर जाये ज़मीं ज़ेर-ए-ज़मीं ऐसा नहीं होगा

मैं अपनी जुस्तजू में हूँ न जाने कब, नज़र आऊँ
कहीं भी यूँ ही झुक जाये जबीं ऐसा नहीं होगा

ग़ज़ल

ज़रख़ेज़ है ज़मीन भी बरसात भी है ठीक
मौसम बदल भी सकता है ये बात भी है ठीक

इतना बड़ा है शहर तो होगा कहीं तो कुछ
अपना तो दिन भी चैन से है रात भी है ठीक

ग़म में किसी के ख़ुद को रुलाना भी है नमाज़
मस्जिद में मौलवी की मनाजात भी है ठीक

मज़दूर का थकन के सिवा कौन शहर में
अपना हो कोई साथ तो फुटपाथ भी है ठीक

ओ जाने वाले भूख को रोटी खिलाता जा
अब तक तो तेरा पाँव भी है हाथ भी है ठीक

ग़ज़ल

कोई हिन्दू कोई मुस्लिम कोई ईसाई है
सबने इंसान न बनने की क़सम खाई है

इतनी ख़ूँख़्वार न थीं पहले इबादत गाहें
ये अक़ीदे हैं कि इंसान की तनहाई है

तीन चौथाई से ज़ायद हैं जो आबादी में
उनके ही वास्ते हर भूख है महँगाई है

देखें कब तलक बाक़ी रहे सज धज उसकी
आज जिस चेहरे से तस्वीर उतरवाई है

अब नज़र आता नहीं कुछ भी दो कानों के सिवा
अब न बादल हैं न चिड़ियाँ हैं न पुरवाई है

ग़ज़ल

झूठ को झूठ कहा सच को ही सच बोला है
उसको समझाइये वो शख़्स बहुत भोला है

भूखे नंगे तो बहुत से हैं यहाँ बस्ती में
जुर्म उसका तो किताबों से भरा झोला है

अपना हक़ माँगने वालों से सभी ख़ाएफ़ हैं
चंद बेकारों का सुनते हैं कहीं टोला है

पहले जैसा ही था अब भी तूरी मेहनत का अनाज
तूने क्यों अपनी तराजू में उसे तोला है

बन्द दरवाज़ों से बाहर नहीं आते जंगल
तू ही कर बन्द उन्हें तूने जिन्हें खोला है

ग़ज़ल

ख़ुदा के ढूँढ़ने वाले ख़ुदा के आस्तानों में
इसे बेचा ख़रीदा जा रहा है अब दुकानों में

तवाज़ुन ख़ौफ़ की बुनियाद पर क़ायम है दुनिया का
खुली माचिस है पहरेदार सब बारूद ख़ानों में

बना करता था राजा ख़ून से राजा के पहले भी
विरासत की रिवायत आज भी है हुक्मरानों में

अभी तक हौस्ला हारे नहीं शादी ज़मीं वाले
अभी तक ख़ुदकुशी करने की हिम्मत है किसानों में

पुराने लोग भी दुनिया से कोई ख़ुश न थे लेकिन
वो अपने ख़्वाब भी लिखते थे अपनी दास्तानों में

ये जब की बात है इंसान व फ़ितरत एक थे दोनों
ज़मीं सोते हुए भी जागती थी आसमानों में

वो और मैं

वो चाहता है कि
सूरज नदी के पानी से
घटा बनाये नहीं
वो चाहता है कि
जुगनू अँधेरे बाग़ों में
दिया जलाये नहीं
वो चाहता है कि
कोयल उदास मौसम को
ग़ज़ल सुनाये नहीं

मैं चाहता हूँ कि
सूरज को कोई रोके नहीं
घटा बनाने से
मैं चाहता हूँ कि
जुगनू को कोई रोके नहीं
दिया जलाने से

मैं चाहता हूँ कि
कोयल को कोई रोके नहीं
ग़ज़ल सुनाने से

हमारी सूरतें दो हैं मगर हैं
एक ही हम
उस आईना में जो
दोनों की एक दुनिया है
मैं उसका अक्स हूँ
वो मेरा अपना चेहरा है

क्या ये कम है

तुम किसी फ़ुटपाथ पर हो
और रस्ता चल रहा है
पोस्टर में वो जो लड़की हँस रही है
नौजवाँ तनहाइयों में बस रही है
आसमाँ सर पे है
पैरों में ज़मीं है
कोई लाठी है न बम है
क्या ये कम है
दूर बस्ती के किसी गोशे में
काली उजरतों ने
थोड़ी तोड़ा फोड़ी की है
चलते फिरते शहर के
बस एक ही रस्ते में ग़म है
क्या ये कम है?

बाअसर लड़कों ने इक नाज़ुक बदन से
इक खिलौने की तरह खेला
फिर उसको तोड़ डाला
टूटे फूटे उस बदन का हाल
थाने में रक़म है
क्या ये कम है?

खेल यूँ ही
हर जगह होता है जो, होता रहेगा
जानवर हँसते रहेंगे
आदमी रोता रहेगा
ज़िन्दा लाशें
यूँ ही
हर अख़बार में जलती रहेंगी
सरहदों पर सरहदों की
गोलियाँ चलती रहेंगी
ज़िन्दगी में फिर भी
सदियों से जिये जाने का दम है
क्या ये कम है?

ग़ज़ल

सभी के जैसी थी इस वास्ते सजीली थी
मेरे बदन पे मगर वो क़मीस ढीली थी

बहुत हसीन नज़र आ रही थी कल दुनिया
वो यूँ था होश नहीं था शराब पी ली थी

न जाने क्यों लगा मुझको वो जगमगाती हँसी
जो उसके होंठों पे थी आँसुओं से गीली थी

बहुत से रंग थे उसमें बस इतना याद है अब
वो ढलती शाम के सूरज सी पीली पीली थी

यहीं कहीं कभी ऐसा भी इक मोहल्ला था
जहाँ की धूप गुलाबी हवा नशीली थी

अकेली होके भी राधा कहाँ हुई तनहा
जो उसके पास थी वो बाँसुरी सुरीली थी

ग़ज़ल

ज़मीन पैरों तले सर पे आसमाँ क्यों है
जहाँ जहाँ जो रखा है वहाँ वहाँ क्यों है

यहाँ तो बर्फ़ गिरा करती थी पहाड़ों से
हमारे शहर का मौसम धुआँ धुआँ क्यों है

कभी मिला जो ख़ुदा तो ज़रूर पूछूँगा
कई मकानों के होते वो बे मकाँ क्यों है

तमाशा देखने वाले तो हैं बहुत लेकिन
जिसे ज़बान मिली है वो बेज़बाँ क्यों है

यज़ीद घूम रहा है यहीं कहीं शायद
नजफ़ की आब-ओ-हवा फिर से नौहाख़्वाँ क्यों है

ग़ज़ल

हमको कब जुड़ने दिया जब भी जुड़े बाँटा गया
रास्ते से मिलने वाला रास्ता काटा गया

कौन बतलाये सभी अल्लाह के कामों में हैं
किस तरफ़ दालें हुईं रुख़्सत, किधर आटा गया

लड़ रहे हैं उसके घर की चार दीवारी पे सब
बोलिये 'रे दास[1] जी' जूता कहाँ गाँठा गया

मछलियाँ नादान हैं मुमकिन हैं खा जायें फ़रेब
फिर मछुआरे का भरे तालाब में काँटा गया

वो लुटेरा था मगर उसका मुसलमाँ नाम था
बस इस इक जुर्म पर सदियों मुझे डाँटा गया

1. कबीर के अहद में एक सन्त जो पेशे से चमार थे।

ग़ज़ल

तमाम उम्र मुझे जिसका इन्तेज़ार रहा
वो मुझसे मिलने को मुझमें ही बेक़रार रहा

ख़ुदा से जोड़ा गया उसका बाद में रिश्ता
वो जीते जी तो ज़मीं पर गुनहगार रहा

बुरा हुआ कि शनासाई हो गयी ख़ुद से
फिर उसके बाद किसी पर न ऐतबार रहा

हँसा रही थीं मेरी कामयाबियाँ मुझको
वो कौन था जो बिना रूए अश्कबार रहा

बदलते वक़्त ने गुम कर दीं सारी पहचानें
वो अपनी शक्ल के पत्थर में शाहकार रहा

ग़ज़ल

सफ़र में सिम्त-ए-सफ़र भी ख़याल में रखिये
फिर अपनी ख़ैर-ओ-ख़बर भी ख़याल में रखिये

नये मकान का नक़शा है ज़ेर-ए-ग़ौर अभी
जो खो चुका है वो घर भी ख़याल में रखिये

ख़ुदा के घर तो कई हैं इबादतों के लिये
दिलों की राहगुज़र भी ख़ायाल में रखिये

ख़ुशी मनाइये आईना सामने रख कर
खुद अपने खोने का डर भी ख़याल में रखिए

ख़ुदा के साथ है शैतान भी हिकायत में
हर एक ख़ैर में शर भी ख़ायाल में रखिए

पाँच साल का चाँद

जो भी हुआ था
किसने किया था
पता नहीं है
बस इतना मालूम है
ज़िन्दा इंसानों के
जिस्मों के बिखरे टुकड़ों में
मेरा बच्चा भी शामिल था

कोई किसी की अँगूठी को
अपना रिश्ता मान रहा था
कोई किसी के नाम को
टूटी ऐनक से पहचान रहा था
    मेरे मातम की कोई पहचान नहीं थी
किसे बताती था कैसा वो?
छोटे छोटे हाथ पाँव थे
बच्चा था
बच्चों जैसा वो
पता नहीं जिस लहर पर
उसके नाम का पत्थर लगा हुआ है
उसमें वो कितना है
लेकिन घर के ताक़ में

उसकी जो तस्वीर लगी है
उसमें वो पूरा है अब तक
पाँच साल का चाँद ये मेरा
यूँ ही रहेगा रौशन
मैं हूँ ज़िन्दा जब तक

सहर की पहली नमाज़

सहर की पहली नमाज़ पढ़कर
पुरानी मस्जिद की छत पे चढ़कर
वज़ू किये
ठंडा ठंडा सूरज
बना बनार कर
नये परिन्दे उड़ा रहा है
उदास रस्तों को
फिर से चलना सिखा रहा है
हरे भरे पेड़
साफ़ करके
नये सिरे से उगा रहा है
पुरानी हर शय को जगमगा कर
फिर एक बस्ती बसा रहा है
अभी ये बस्ती है एक रब की
फ़लक है सबका
ज़मीं है सबकी
बँटी नहीं है अभी ये बस्ती
समाज की दर्जाबन्दियों में

अधूरा सच

अजमल क़स्साब के लिए

चाबी वाला एक खिलौना
आँगन में नाचा करता है
सर ऊँचा नीचा करता है
और कभी
बन्दूक़ उठा कर
इधर उधर भागा करता है
सभी ने देखी उसकी सूरत
सभी ने देखी उसकी दहशत
मगर नहीं देखी आँखों ने
कौन कौन से
कारीगरों की है वो मेहनत
संत कबीर कहा करते थे
जो आँगन देखा होता है
वो ही सच पूरा होता है

ग़ज़ल

बदला बदला था हर मंज़र शहर का नक़शा भूल गया
याद रहा वो लेकिन उसका चेहरा मोहरा भूल गया

बना बना के बादल, सूरज उड़ा रहा है पानी को
सागर तक जाने का रास्ता बहता दरिया भूल गया

जंगल से महफूज़ था पिंजरा, लेकिन उसी हिफ़ाज़त में
खुली फ़िज़ा का एक परिन्दा परों से उड़ना भूल गया

आदम ज़ाद फ़रिश्ता बन कर चमका दूर सितारे सा
मगर ज़मीं पर बहन की चूड़ी, माँ का चश्मा भूल गया

तनहा तनहा भटक रहा है अनजानी सी राहों में
शायद अपने साथ वो अपने शहर को लाना भूल गया

ग़ज़ल

ख़तरे में हैं चारों जानिब तितली फूल कबूतर
हो जायें न सिरे से ग़ायब तितली फूल कबूतर

बल्ली माराँ की गलियों में भीगे शाम के साये
सोच रहे हैं मिर्ज़ा ग़ालिब तितली फूल कबूतर

बारी बारी रातें जागो गहरी नींदों वालो
ले जाये न कोई ग़ासिब तितली फूल कबूतर

कभी कभी आता है कोई तनहाई को सुनने
यूँ तो हैं सदियों से मुख़ातिब तितली फूल कबूतर

कल हर आँगन में गमले थे, छत के साथ थी छतरी
आज हैं सबकी दुआ के तालिब तितली फूल कबूतर

ग़ज़ल

रस्ते में मिल गया था कल एक ग़म अचानक
कितना बदल गये हैं पहले से हम अचानक

मिलती है किसको इतनी इज़्ज़त शराफ़तों से
तुम कैसे बन गये हो यूँ मोहतरम अचानक

जाने से उसके यूँ तो सब कुछ है पहले जैसा
दुनिया वही है लेकिन लगती है कम अचानक

शायद ज़रूरतों की ये मेहरबानियाँ हैं
लगता है बढ़ गये हैं उनके करम अचानक

कोई कबीर आये जो देखा वो सुनाये
बीनाई कुछ चुके हैं सारे क़लम अचानक

ग़ज़ल

किताब खोल के जो चाहे इख़तेलाफ़ करे
ज़मीन है वही सूरज का जो तवाफ़ करे

समाअतों से शिकायत तो है मुक़र्रर को
दुरुस्त वो भी कभी अपने शीन क़ाफ़ करे

ज़मीन से है ख़फ़ा आसमान वाला क्यों
किसी फ़क़ीर को ढूँढ़ो कि ऐतकाफ़ करे

ज़माना बीत गया नारा-ए-इन्नल हक़ को
कहीं तो कोई हो ऐसा जो इन्हेराफ़ करे

रईस शहर है मसरूफ़ अपने कामों में
मेरे मोहल्ले की गलियों को कौन साफ़ करे

ग़ज़ल

चलते रस्ते को हर सूरत ऐसी वैसी लगती है
मजनूँ आँखों से पूछो लैला कैसी लगती है

नीले पीले हरे गुलाबी सारे रंग उसी के हैं
एक ही दुनिया सब कि अपने घर के जैसी लगती है

अलग अलग उम्रों की आँखें खेल रही हैं बरखा से
उसको क्या लेना देना वो किसको कैसी लगती है

सोते सोते नींद न टूटे गहरी नींद ज़रूरी है
अख़बारों में दिन है जैसा रात भी वैसी लगती है

ग़ज़ल

ये कैसी धूप छाँव सी तनहाइयों में है
जो पास है वो दूर की परछाइयों में है

आते नहीं उतर के सितारे ज़मीन पर
जितनी चमक दमक है वो ऊँचाइयों में है

रफ़्तार की थकान को चाहे जो नाम दो
राहे सफ़र तो राह की लम्बाइयों में है

जंगल में इक कुएँ ने मेरी प्यास से कहा
पानी जहाँ कहीं भी है गहराइयों में है

कब कौन किस तरह से मिले ये पता नहीं
यूँ तो तमाम शहर शनासाइयों में है

बे सर का मजमा

उसे इतना पता है
बदन में सिनफ़-ए-नाज़ुक है
कहाँ पोशीदा औरत है
उसे इतना पता है
बदन में मर्द के जो निचला हिस्सा है
वही महँगाई के हर दौर में
सस्ती मुसर्रत है
उसे पढ़ना नहीं आता
उसे लिखना नहीं आता
वो ख़ाली पेट चौपाये सा
जो मिलता है खाता है
ज़मीं पर वो ज़मीं वालों की आबादी
बढ़ाता है
बिना सर का
ये मजमा
जो बज़ाहिर बे हक़ीक़त है
(उसी के हाथ में तारीख़ की
हर बादशाहत है)
मगर सदियों से
हर भट्ठी को
उसकी ही ज़रूरत है

ग़ज़ल

हाकिमों के साथ ही महकूम भी
आदमी का मक़दूम भी

मरने वाले हैं बहुत क़ब्रें हैं कम
चैन से सोते नहीं मरहूम भी

अपनी बस्ती को समझने के लिये
दूसरों की बस्तियों में घूम भी

अपने लहजे की हिफ़ाज़त कीजिये
शेर हो जाते हैं नामालूम भी

ग़ज़ल

धुआँ उड़ाकर चाँद बुझाना अच्छी बात नहीं
बच्चों के सपनों को चुराना अच्छी बात नहीं

जिस्मों के बाहर भी मिलना जुलना नामुमकिन है
रस्ते में रस्ता कतराना अच्छी बात नहीं

उम्र ही कितनी मिलती है दुनिया में जीने को
इस पर चौदह साल गँवाना अच्छी बात नहीं

तेरा अपना जिया हुआ ही तेरा अपना है
औरों की बातें दोहराना अच्छी बात नहीं

कभी अकेले में ख़ुद से भी बातें करके देख
हर महफ़िल में आना जाना अच्छी बात नहीं

तनहाई में भूली बिसरी यादें बसती हैं
सोतों को नींदों से जगाना अच्छी बात नहीं

ग़ज़ल

एक सा रहता नहीं वक़्त हमेशा सबका
कल हवेली थी जहाँ आज है रस्ता सबका

आसमाँ देखते रहते हैं नजूमी यूँ ही
अपने अन्दर ही चमकता है सितारा सबका

चाँद सूरज भी लिखा करते हैं फ़ौजों का ख़राम
एक रफ़्तार से बहता नहीं दरिया सबका

घर से बाहर नहीं होती किसी दुश्मन की तलाश
अपनी ही आपसे टकराता है गुस्सा सबका

बस्तियों में कहाँ गुंजाइशें जंगल जैसी
ये इलाक़ा था कभी रैन बसेरा सबका

छोटी दुनिया की बड़ी बीमारी

के हुए हैं!
सच है कितना
सुने हुए हैं
झूठ है कितना
झूठ और सच की
अब कोई पहचान नहीं है
शोकेसों में आदमी जैसा जो है
वो इंसान नहीं है

खुले हुए बाज़ार में सारे
अपना साबुन, अपना खिलौना
अपना टीवी, अपना बिछौना
अपना हँसना अपना रोना
रस्ता रस्ता, महँगा सस्ता
हाट लगा कर बेच रहे हैं
ब्योपार यही
ब्योपारी के हाथ से
गाहक खींच रहे हैं

हर जा मारा मारी है
छोटी होती दुनिया की
ये एक बड़ी बीमारी है